U0039717

我們有如燭火

簡政珍散文集◉簡政珍／著

聯合文叢 483

我們有如燭火

目次

第二輯

我們有如燭火

我們有如燭火

【自序】意象言「說」

這是目前我唯一的散文集。過去也許自己對「散文」有偏見，認爲文章既然「散」，東南西北無所不談，美其爲文，其實大都是雜文，因此缺乏書寫動機。到了發表〈山〉後，散文對於我「散散的文觀」策動巨大的反撲。一篇〈山〉所用的意象與時間幾乎可以用來寫五首短詩。假如散文不是雜文，假如散文不說教，假如散文也是經由意象思維，散文的書寫，是對書寫者極大的挑戰。

但是，假如散文通篇以意象思維，一篇〈山〉，一篇〈海邊〉等五六篇下來，心中漸漸會有一種疑問，爲何不把這些大量消耗的意象，留下來給詩？於是，將近三十年，出了十本詩集，才有了這一本散文集。

也許是潛意識想讓書寫從一般的散文中跳脱，因此，過去我對於「散文」

的「謬思」，以及現在對於當時謬思的反思，頗值得審視與辯證。我的詩論裡提到，當今我們都是以白話文書寫，詩和散文的不同，不在於白話或是文言，而在於前者字裡行間蘊藏想像的空隙。散文傾向說明，而詩因爲空隙產生餘韻。如此的看法，大致合理，但也暴顯了一些思維的侷限。問題是，詩與散文的分野，是全然的二元對立呢？還是有彼此交揉滲透的空間？其實，所謂文字間留下空隙，並非詩的專利。英國十六世紀培根，人事說理，切入要害，睿智且富於哲思。十九世紀美國艾默生「先驗主義」（transcendentalism）性靈的吉光片羽滲入散文的筋骨，梭羅的《湖濱散記》結合抒情的節奏，加上清涼如水的生命體驗。這些散文家字裡行間都留下空隙，需要讀者的想像加以塡補。闡發哲理，並非仰賴說教，時而以思想的密度，啓人深思，時而以意象的姿容，引人遐想。英國的蘭姆（Charles Lamb）備受二十世紀吳爾芙夫人的讚歎，讚歎的內容，挑戰我們傳統的散文觀。她說：「蘭姆是最具天生麗質的散文家。我們眞想跟他說，請告訴我們怎麼寫散文？他的散文完美，超越比爾伯（Max Beerbohm），因爲想像狂野乍現，讓天才閃電爆裂，留下缺陷、不完美，而與詩的星辰並列。」

乍看，吳爾芙夫人的言語，似乎自相矛盾，是一段「想像狂野的閃現」，破解典型的散文見解。吳爾芙夫人以爲，蘭姆散文之所以完美，在於呈現其詩的特質，因而在一般散文家的眼光中，似乎不完美。事實上，這正是散文突破文類典型的疆界。過去出類拔萃的散文家，早就突破這個疆界，只是論述者習慣使然，基於侷限的認知，導致這個文類長年蒙冤。於是，散文成爲流水帳有之，散文成爲閒言閒語者有之，散文等同於雜文者有之。

當散文和「詩的星辰並列」，所憑藉的是，語言的餘波蕩漾，伴隨意象的姿勢以及思維的間隙。當然，即使是暗示，散文還是有「説」的潛在身分。一方面，散文是哲思的啓發，而非道德教訓的耳提面命；另一方面，散文雖然意象繽紛雜沓，但仍然點醒人世間的多情或是愚昧，正如吳爾芙夫人在讚賞蘭姆的同一本書《自己的房間》（*A Room of One's Own*）裡，提到女人在文學作品裡的形象，有如「毛蟲展翅飛翔如老鷹」（a worm winged like an eagle）。吳爾芙所要「説」的是，女人在眞實世界裡被忽視如毛蟲，卻在想像世界的文學裡被美化，成爲翱翔的鷹隼。想像與眞實極大的落差，現實裡，女人在歷史裡一片空白，詩與小説的作品裡，卻經常令人遐想與憧憬。遮掩造成女人更大的悲哀。

哲思與意象使散文腳踏兩個世界，跨入美學的門檻，也履行了散文潛在的目的。「說」經由暗示與想像，不是「說教」。「說」引導讀者沉思，而非「雜文」的東家長西家短。意象不是詩的專利，散文經由意象站穩腳步，而成為美感經驗的課題。

也許這本散文集就是作者散文觀作祟下的產物。過往，也許矯枉過正，八、九〇年代自己寫的散文，意象頻繁間接造成其難產。另一方面，這些意象傾向心靈的內在化，思維是一種冥想，少了現實客觀情境肌膚碰觸式的臨即感。八、九〇年代自己總共寫的「散文」，不到二十篇，除了對「詩」的專注外，潛意識賦予散文的美學負荷，也是主要原因。這些文章，有些發表，有些未發表，到了最近才得以完成，是這本集子第一輯的主要內容。

這本書得以結集出版，是《人間福報》副刊帶來的因緣。民國九十五年《人間福報》副刊蔡孟樺主編來電，邀請我當他們的五月駐報作家。為此，我寫了〈達達的眼神〉，〈母親，話當年〉等四篇文章。接著同一年十月，蔡主編請我為副刊每一星期寫一篇專欄。一年下來，累積了五十幾篇散文，構成了這篇散文的主要部分，也是這本散文集的第二輯的主要內容。風格上，文字仍然以意象思維為主，和第一輯略顯不同的是，意象嘗試在濃稀之間調適韻律，內心的觀照漸漸和外在現實世界求取平衡，希望思維能以當下時空的情境作為立足點。意象的言「說」，既不是冬烘的教訓，也非玄學祕境的喃喃自語。生命的啓示，既是白雲蒼狗，更是你我穿梭其中的人間。

另外要提的是，本書定名的過程，幾篇文章的標題在腦海裡飄忽不定，很難定奪。最後決定《我們有如燭火》，並不是因爲選集中這篇同名文章最重要，而是回首過往思維，所審視的大都是自我與人間。燭火是一種隱喻，發光照亮別人的過程中，漸漸消蝕無形。燭火與其他光源不一樣，發光是以燃燒的灼痛爲代價。感受肌膚之痛，想像燭火風中的飄搖，也許我們更能珍惜光的點點滴滴。這是我們命運共同的書寫。

另一方面，過去，我們經常在燭影旁邊寫下諾言。但經常燃燒的灼痛還沒消失，諾言已經塗銷。蠟燭在灼痛中飲盡一生，難道爲的是飄忽的諾言？看看周遭人生，我們是否一直在塗寫與塗銷自己？

自己寫序，有如蛇足，也算是一篇流水行雲式的散文告白。

第一輯

山／海邊／背叛／我們有如燭火／
聲音的探問／賣場的午後／懺悔文／轉位的樞鏈／
去機場的路上／午後的召喚／分與合／巷尾的一盞燈／
眞實的謊言——給林燿德／
回響的，畢竟是一首輓歌／
生活中的奇蹟／從爆竹翻臉到雲雀的飛翔／
無聲的回響／歷史的驅味

山

山所成長的不是高度，而是一種包容。

山從海邊開始成長，從腳跟的濕氣指向雲天。但當山的頭部攪亂行雲的流程，暮色也塗黑了山的一張臉。古來青翠，遠來藍天，一切重複又重複，山從不知道這可能有溜走的一天。滑溜的是孩童的口舌，唱一句無詞的嘯鬧，回震山谷，讓山驚喜，面對節慶。

季節的變異不是春花早逝，也不是夏蟲停止對著山澗奏鳴，總有那麼一刻，滿山春色不知掩藏於一塊巨石的陰影裡?蟬在孩童的烤架嗶嗶剝剝。未及想起秋一度留下的色彩，冬夾帶聲色俱厲的斜雨，已將山收進灰濛的風暴。

但迎面向海的茶壺山自有其自然的倫理。季節怪異，卻難得無常。當風雨變成成長必經的洗禮，山顯現一種蒼勁，一種俯視人間自得閒的神色。山頭上雲的聚散變成一具神祕的冠冕，形體因時而變，山展現難以定義的精氣，一覽人世風景。

即使風雨施虐，當天空收回最後一條雨絲，葉片上最後一滴水珠滾動，然後滴落，彩虹架起拱橋，將過去一場淒烈的風雨演繹成七彩的記憶。橋下山氣飄動，人們把山仰望成巍峨。山以洗淨過的面目澄清一切的謠言，把自己的身世變成傳說。

站在這個富於傳說的山頂，人的歷史竟是無比的脆弱。渡海來臺的榮光，早在子孫的槍礮下碎散成一些貧血的抽象名詞。山印證了山腳下槍彈聲和喊叫聲的和絃。一段不堪回首的往事變成一段淒美的音樂，在日後慫恿暢銷排行榜。歷史在口中吟唱，以聲覺取代昔時慘悽的構圖。山見證一切，無言，但不說謊。山沒有記憶，但並不表示什麼都沒有發生。

山頭望去，海慷慨攤開層層的波影。山的無語託意給潛行的海鳥。近處，一頭蒼鷹投出覬覦的眼光，好似總有一層隱伏的危機，雖然此時日麗風和。海峽流動人脈，唐山的故事在海天一線中轉過，潮水能沉澱多少人事的骨架？海和洋的論爭並不需要燈塔照明，但島與國的辯證豈只是濤聲？

而山腳下，九十年代的炊煙往上升騰，偶爾扭曲一下身段，暗示了人世命脈的展延。工廠還在，只是少了一些聲音。但這只是遠觀，若細究之，廠房顏面斑剝，肌膚受損，在風雨中老去。人們已翻越山頭，到山的那一邊去展望生機了。維繫此地炊煙的是一張張充滿皺紋的臉，在黃昏之際，對著爐火述說童年往事。而那一段敍述也是飄搖如此地的風雨。當季節驗收人事，總是説故事的越來越多，聽故事的越來越少。

人在山外流轉，在沾滿夕陽的天邊寫下生活。山外也是例行的日昇日落。總是定期要換一本日曆、一本日記，直到有一天嗩吶在山路迂迴。一群人護送一個遊子的遺體給寬容的大地，山伸出手接回一度流失的子民。

山與山相對無言，成長是累積的沉默，雖然身上與日增加一些瘡孔。於是，我們看到：

群山次第展開
準備迎接
排比進逼的
墳墓

《聯合報・副刊》八十年四月三日

海邊（註）

從山崖走到水邊，從陸地走到潮濕湧動的過去。

水面閃爍著粼粼波光。各種臉孔的破裂如泡沫。一些海草浮動，猶如記憶掉落的長髮，在石縫中和時間的殘渣糾葛。有一些人文的遺物從時光隧道的那一頭轟隆而至，有一些從宇宙之涯漫遊而來。總是一種無名的邂逅，在這岩石的孔隙裡，互相見證彼此的剝蝕消長。

遠方，一艘遠行的油輪漫不經心地在天邊留下煙的脈絡，當然也帶著更多的文明給另一個海邊。

近處，再也看不到在浪中激烈起伏的漁船了。魚似乎隨著年代的潮流，游入不知名的去處。遠方，偶爾還有一、兩艘在波光中露臉，引擎宣示壯烈的行程。但喧鬧的聲音總是缺乏長久的自信，不久又淹沒於白花花的浪濤裡。

海浪白色的存在顯然歷經一段無言的苦辛，浪花畢竟終不成言語。環顧四周，黃藍的色彩交互爭奪海水，這「陰陽海」不言自明了一段人類文明的憾事。

源流來自於轟隆的廠房，聲音中，黃色的水流豪邁的兼併溪澗溝渠；迂迴處，石頭上撞出看來仍然是白色的水花，然後侵入原先蔚藍的海域。黃色的水流暗示礦苗在茁壯成長，是整個山區海邊人們的命脈，以改變自然的色調為代價。

曾幾何時，機器已喑啞了。在風中、在雨中鏽蝕。廠房足以炫耀的歷史已成剝落的鐵鏽。一條條一塊塊金屬的骨架在荒草中坐化，原來人們的言語大都過於濫情，所謂「鋼鐵之身」也只是謠言爭奪成風。

但「陰陽海」的海水兀自拍打著海岸。工廠的存廢，廢水的多寡，已無法使海水動容，那黃藍相互的推擠擁抱，已是此地海水存有標記。好似自然也有其生命的烙痕。海濤翻滾歲月，雖然歲月無傷。

因此所有海水攪動的，只是和時間無傷大雅的嬉戲。德布西的《海》所調配的音象是，看似無聊的海水在歲月中的餘興。但欣賞自然，餘興經常導致人的喟嘆。時間畢竟不能使海水蒼老，而潮水來去，總是換了不同的臉孔和眼神。

記憶是過去的靈光一現，將自己從過去拉至現在，面對已是陌生的一張臉，或是看到似乎和自己已不相干的往事，儘管當時如何淒切或纏綿。當年十歲左右的大妹被海水擊昏捲走時，也許是一段意識的真空，隨著海水的浮沉。

生命即時了斷，也許不是什麼壞事，但母親在旁驚惶失措，丟下母女在黃昏中採擷的海菜。此時，總有無數個瞬間，母親的腦海閃現父親的遺容和女兒活生生真切的景象；也許也有幾分懊悔闖入意識，竟讓如此幼小的女兒去背負海邊沉重的落日。

但敘述也預期一些令人驚訝的反應與結局。突然，大妹的大女兒在旁邊大聲說：「媽，妳真笨，到海邊也不帶救生圈！」故事果然以喜劇收場。母親說：她拙於言辭，難以描述當時在岩石縫看到大妹的驚喜。

四十多年的陳年舊事，涓滴匯入記憶的海水。但海浪打散情節，一些細節已被潮水帶到另一個海域。語音逼使往事做一種回響，語言畢竟無以重整過去。眼前仍然看到石縫中飄浮的海菜，大妹的兩個女兒在歡呼聲中預言這一天的豐收。

看看她們水中的喧鬧，我們未及調整表情，遠方的天色已準備收成一個季節。

註：記接鄰金瓜石的水湳洞的海邊。

八十年代初稿，九十八年六月定稿

背叛

一張照片凝視著我，微笑的表情是否是對我的一種背叛？熟悉而悠悠的背景給時間一些顏色。在時間裡留影，你似乎已在時間之外。假如影像已是一種虛構，這多年來儲存於時間的，也是一種虛構。你是對虛構的背叛呢？還是對真實的不忠？背叛是一種姿勢，不受風雨的干擾，不受任何不愉快的往事而改變表情。可是當那些瞬間記載的點滴，也默默無聲地在你的表情裡乾涸、氣化，歲月的流痕不再，你是否也在背叛自己？

晨起，鳥聲報導一個即將重複的一天，但日子無以重複。能躲開重複是悲劇還是喜劇？即使歡笑，重複仍是一種悲劇。可是當所有歡笑的日子已被你的微笑背叛，我寧願重複。重複也難以永遠重複。你在相片裡似乎可以持久重複那個姿勢，但它能重複多久？是否多年後變黃的色調也是對你的背叛？

你在溽暑許下的諾言，已在雪地裡凍結。晨光將你的倒影書寫在冰雪上，你是否要凍結那個微笑，如冰雕。但你清楚這些循環的節奏。融雪之際，你如何在雪泥裡追逐自己的倒影？循環不是重複，但循環總在重複。陽光和冰雪的辯證，到底是誰在背叛誰？

也許唯一不會背叛是一個不實不虛的本真。但一齊閱讀這些文字的時光已被你背叛。你是否還記得經上如是說：「純想則飛，純情則墜」？你是因為有情，才背叛情？有情眾生如何背叛有情？早晨的鳥聲不是為了叫醒你我而存在，它也在訴說有情？葉慈的詩中人到拜占庭，是要背離有情的世界？而我們對一個詩人的緬懷，卻是為了他詩作的有情？

也許「無情」是真正的有情？當你的相片被塗上昏黃的色調，當所有的色調已褪盡，一個本真的你正微笑地面對你褪色的微笑，難道那也是一種背叛？因此，我以微笑面對你的背叛。

《聯合報・副刊》八十九年七月二十日

我們有如燭火

「我們有如燭火／在痛中飲盡一生」。燃燒以痛苦為代價。蠟燭所飲盡的是自己的軀體，當一切不能成形，當一切只成點滴的燭影，一生已無餘燼。

回首看這樣的詩行和文字，感愧的是當時以蠟燭為隱喻的我執。人生唯恐是一種消耗，唯恐消耗掉自我。可是回首的瞬間，自我在哪裡？我們以灼痛作為彼此的諾言，以文字作見證。灼痛的文字如今已經是一個可笑的紀錄。我們為未來許下諾言，但不久，諾言已隨著灼痛的消失而塗銷。事實上，文字從未灼痛過。塗銷諾言時，又許下另一個諾言。我們以諾言支撐存在，我們的存在是掏空的諾言。

記得那些酸澀的日子嗎？桂花在空氣中散發季節性的訊息。小徑深處，跌撞的身影，只是為了諾言而存在？但筆直的身軀可以否定一度歪斜的身影。記憶難以返復，也難以證實。而當一切不能證實，許下諾言的你我也並不存在。

所謂燭影，指的是蠟燭燃燒自己身軀所留下的影子，或是燭光投射在角落的影子？若是前者，那殘存的一點蠟，如何反證先前的身影？如果是後者，光盡，影也盡。若是沒有影子，光也早就不存在。幾千年的歷史折疊在書頁裡，只有細小如蟻的文字，沒有光的行徑，也沒有光的影子。

當年製造光的事蹟的人，當年在歷史書寫「我」的人，結局都是一把火。歷史在回顧裡是一團綿綿不絕的熊熊烈火，它燃盡所有的「我」。可是「我」並沒有餘燼，因為「他」沒有真正實質的存在。假如「我」是「他」，「我」更是沒有我。當我們想在燭火的燃燒中，融為一體，了全一生，我們早就消釋無形。詩文留下一些虛幻不堪的濫情給讀者，而讀者竟也在濫情裡尋找那一個虛幻的「我」。

但是，今天晨光穿透柏樹，投射到客廳。那一絲光循著空中的微塵，在佛的顏面駐足。電風扇轉動所帶起的氣流，是生命此時此刻的漩渦，而佛的微笑正如祂亙古的存在。兩邊的蠟燭燃燒著，火舌吐納，伴隨著佛號的起伏。在那一瞬間，我看到無以數盡的「我」，我聽到各種「我」交疊的聲音，我更清楚地讀到蠟燭的言語：「我在燭火中飲盡一生」。

《中央日報．副刊》八十九年七月十八日

聲音的探問

雷聲隆隆，一場要下不下的雨。空氣裡漂浮著濕熱的霉味，汗濕的襯衫黏貼在身上。這是一個衣服要脫不脫難以定奪的窘境。所有的思想都在這一刻裡翻騰，應和著雷聲的節奏。聲音要喚醒那些陳年歲月嗎？不甘心的是，要讓我一個人面對雷聲，而你早在季節之外。記憶並不一定是自然的一部分，人事的風景經常疊置在自然的身上，披上自然的外衣。可是你在那遙遠的國度，是否也有四季的輪迴？想像中，那裡沒有風雨雷電，因此，你也沒有晨昏定省的記憶。我們有溢滿思維的想像，但你為何不現身來證實或推翻我們的臆測。那是什麼樣的景致？沒有時間，沒有空間，怎樣才是不虛不實的存在？

但雷聲總要我探問你及早離去的真正意圖。生命的軌轍印在不同的土地上已無新鮮的樣式？你已看膩這些翻來覆去的圖像？你把旅程定得這麼遙遠，以無數的光年計算，是擔心我們會尋跡尾隨，再給你沾染上人事的痕跡？我不知將來能歸屬何方，你的在世是我唯一救贖的希望，而你下決心提早一別，我勢必要捲入生命世世無止境的流轉。

因為你的叮嚀，我以佛聲梵唱來探尋往日。但聲音過後有時會帶來更大的空茫。這是「色即是空」的境界？感受佛的慈悲，更感受到自己難以救贖。身在有情，如何割捨有情？是因為你能無情割捨，你才能提早離去？

聲音探問，並不是方才聽了貝多芬《田園》的雷雨，也不是格魯菲《大峽谷》雷電爆炸式的轟擊。音樂所規劃的氛圍，總是人事的虛像，因為畢竟那只是爆開的豆芽音符。人世間音響的好壞不是你決定提早離去的理由。你要放掉牽掛，可是偶爾午夜驚醒，自問是否我就是你最大的牽掛？

你的離去讓我更加意識到，存在只能依存於渺茫的音聲。雨滴在屋簷上發出聲音後滾落，這是它們的一生。還有什麼能喚起那久已失傳的聲音，那不是水溝裡的流水潺潺，也不是廁所馬桶沖刷時豪邁的聲響。有什麼能再使自己沉淪嗎？聲音韻律起伏，過去時光的陷落使自己得救，回首有一道光迎面而來，上面書寫著翻越高峰後的滾降，有如從屋簷墜落的雨滴。抽水馬桶轟然帶走聲音的點滴後，留下一點異味。

日子在異味中成長，身上沾滿了酸甜苦辣，可以作為生活的佐料。但我們似乎因而只聞到自己的香氣，而讓歷史充滿騷味。我們聞聲尋求色彩來裝扮旅程的途徑，但是腳下踩的卻是前人留下褪色的名字。我們是否又要製造自以為是的色彩？佛說：「若以色見我，以音聲求我，是人行邪道，不能見如來。」所有智慧的回音在一束束點燃的煙霧中縹緲。誰能以神通來擴散聲音？誰能以聲音顯現神通？天地海青一片，有一隻鳥低鳴而遠去。一朵烏雲是鳥留下的聲音。

我們是專門製造聲音的軀體嗎？這一個旅居的客棧誘惑我走入沉淪，而我們能以微弱的呼吸表達訊息嗎？這是輾轉千萬年的聲息，尋找出離軀體的機會。可是所有的旅程都佈滿花的種子，鶯聲燕語。軀體的偽裝總被認為是真理。我們在追求軀體的真理中墜入輪迴。

聲音譜成一段短暫的故事，故事沒有主角，只有喜怒哀樂的塗裝。歌唱永恆，卻只是留下幾粒零散的音符，不成曲調。沒有臉孔的主角在虛空中微笑，等待一個自我棄絕的軀體。宇宙有另一種聲音，沒有序曲，也沒有尾音。天地本來無事，空間裡沒有時間，什麼事情都未發生過。

雷雨中，有朋友從遠方來。我有點疑惑。還未擰乾衣服，他就急著要去地下室聽音響。他說：「高速公路上，天上的雷鳴猶如天籟。我真羨慕你的地下室就能營造天籟。」

每當雷雨，我總要自問你如何面對無聲的虛空？問你如何享受無聲的天籟。

八十年代初稿

《人間福報．副刊》九十五年五月十五日

賣場的午後

在超級大賣場遊蕩。整個賣場顧客三三兩兩，冷氣特別冷。服務人員的神情有點寥落，有的在角落咬指甲，有的在玩弄分叉的髮絲，有的望著屋頂單調的浪板發呆，大概在想，領了這個月的薪資後，下個月的去處呢?兩個小孩在擺滿貨品的架子間嬉笑追逐，幾個碟子在碰撞中發出清脆的響聲，終於吸引了一些零零散散的眼睛。但一切無事，有點令人失望。大家再度墜入昏昏作響的冷氣旋律中。這是一個無關緊要的午後，一個日曆匆匆走過而不願回顧瞥視的時光。

一切似乎有點恍惚，所有的貨品靜悄悄地等待另一個旅程，而等待被用竟然有冷清的感覺，這真是奇怪的命題。如果貨物想到未來必經的途徑是，被通電，被擰捏，被水淹，被支解，最後被丟棄，它們怎樣走過那漫長的生產線?

可是我如何以虛空的心境走過那個香味撲鼻的行列？「鼻以香為食」，在步入虛的境界前，佛仍要我們照顧這個肉身實體。在香氣中，一個素食者的心神是一個小小的波浪，起伏擺盪的是那些已成浪花的日子。日子仍然充滿食與不食的辯證。香氣引發一些羞愧的聯想。我如何以「少食」來滋養空茫的心情，來襯顯虛空界？

但是一個女服務人員走來，她拿起一大盤的波羅麵包走了。我好奇的盯著她的身影，她回到工作室，一轉身，所有的麵包都已經到垃圾桶裡去了。轉身的剎那，她隔著一層玻璃看到我驚訝的表情。原來大半的食物在走完旅程前，就以垃圾桶為依歸。她注視我的眼神在玻璃的反光中凝結，我也在玻璃凝聚的光影中看到錯愕的自己。這時我才注意到空氣中還飄浮著種種異味。回首，一排排的魚正張著口對我凝視。我的腦海在瞬間剪輯各種時空，各種笑聲，各種人種，各種饑荒，各種流亡圖。我看到洶湧的生命靜悄悄地緩緩走過。我知道，我難以面對虛空。

這時，幾天午後例行的暴雨突然轟然降臨。綿密碩大的雨滴敲擊屋頂的浪板。以聲音淹沒影像，所有嘴形的變化都已經沒有聲音。空氣更加清冷了，我發現賣場的顧客早就走光了。妻輕輕地說，「我們走吧，所有的人都在看著我們呢」。我們推著空蕩蕩的購物車，嘎嘎作響的通過歡送的行列，走進激情的雷雨。

《中國時報・人間副刊》八十九年六月二十六日

懺悔文

每頓飯後剔牙，剔牙後，就在電腦前把食物反芻成精神食糧。用電腦檢視人腦，人向電腦交心。人不能不坦白，否則會有一些臭蟲，來咬噬人腦生產的結晶。每天開機的刹那，心裡默禱這不是病毒先生的生辰吉日。僥倖打開視窗，祈禱窗外背景的楓葉還在，雖然這不是秋涼。再打開一道視窗，想像力走進圖形和文字規劃的行列，以格式化的創作迎接電腦在螢光幕上標示的一天。

想像力無法和格式抗爭，但在手指的動作中，暗地想奪取寫作的主體性。遵從電腦的法律不甘心，總想在框架外做一些違警的偷襲。那當然立刻被察覺。電腦的制裁是無聲的抗議，凝結成一個全然靜止的畫面，經過學習後，我才知道這叫「當機」。偷雞不成蝕把米，剛剛打好還沒存檔的資料，全被吃掉了，原來靜止的畫面是在品嚐我提供的美味。打開「檔案管理員」，裡面一大堆「臨時檔」都是它咀嚼過後，吐出來的殘渣。心存報復勝算不大，罰款妥協是必然的結局。但主體性仍然不能交出去。原來「誰是作者」並不只是當代讀者向作者挑起的戰爭，最激烈的戰況是在人腦和電腦之間。人發明電腦來反制人腦？二十世紀九〇年代，所有面對電腦寫作的人，都曾經體驗過李爾王被女兒背叛的傷痛。只是當年李爾王的不幸引起天地變色，風雨同悲。今天的李爾王只有帶著傷痕，再度服膺於女兒所規劃的巨細靡遺的格式。這是當代的世道「人心」。

但無可否認，假如電腦是女兒，她畢竟有女兒的貼心。有時，由於一兩個字不確定，寫下一個歪斜的句子。女兒卻體己的從近音字群裡，找出那些早就沉澱於記憶底層的文字。一個朦朧的面龐，一瞬間有了明晰的五官。原來想像力是意識混沌的產物，並不真切。創作有時是讓自我墜入思維的邊緣地帶，在似真似假的重疊部分遊移，而電腦卻讓霧中風景顯現。想像的成形是一些偶發的因緣，其中包括外在環境的強力介入，如嚴謹規劃的形式。創作原來是隱約的壓迫性行為。沙特強調自由是因為存在先於本質。但自由的創作並非全然的自由。在適度語碼成規的約束下創作，才是真正有創意的創作。電腦的格式似乎壓迫自由，但她卻貼心地促進想像的具體化，而完成創作。以「她」取代「它」來稱呼電腦，是「創作者」擺脫父系威權所回饋的貼心。

再仔細深思，若電腦犯了「法執」，人則犯了「我執」。兩者都是有情眾生的障礙。但是「有情」兩字突然如暮鼓晨鐘，一聲敲醒「我執」。原來電腦也有情，這個女兒情，以背叛定義之，似乎也亂了倫常的章法。更何況，她所堅持的「法執」是為了去掉人的「我執」。這是否也是一種菩薩度人的方式？回想再度引起驚覺，最近詩一首接一首，散文一篇接一篇，全是嘗試以「我執」對抗「法執」的反射行為。原來表象所設的關卡暗藏貼心的邀約。我為自己的小人之心而驚心。寫這一篇文章，從下筆開始，不平之氣就左右了行文的方向，濁氣瀰漫，題旨漫無焦點，不知文章所為何事。突然，我不禁笑出聲來，原來這是一篇對電腦的懺悔文。

八十年代初稿，九十八年六月定稿

轉位的榴槤

一個泰國榴槤在異鄉打開，它的味道混淆了地理的位置和價值定位。一對從北京來的老教授夫婦品嚐榴槤時，在我的客廳裡留下一副有趣的表情。從猶豫到皺眉到臉龐如花苞舒展，解開一場習性的歷史糾葛。從開始的怯於嘗試，到最後當碟子已空時，偷偷瞥一眼餐桌上是否有幸運的殘存時，所謂文化並沒有自我堅持的姿容。

我們一生大都耗費在門檻外猶豫、徘徊；面對陌生的情境，經常缺乏跨過門檻的勇氣。老教授夫婦勇於嘗試的表情是一個動人的風景。那一副嘗試榴槤的景象常常在我腦海裡浮現，駕馭著盛夏午後不穩定的光影。

周遭充斥一些未知的事物，挑起我們多少問號？問號散發一些疑慮的光環，而我們在光環裡細數微塵。「是微塵眾，非微塵眾」。光環、疑慮、問號本是虛妄。可是我們卻以虛妄構築所謂真實的人生，我們且在真實人生裡追求光環。

榴槤的香味和異味，是人自我對問號的辯證。人生從問號開始，人猜疑地踏上第一步。人生的追求，在於化解這個問號，但我們的結尾大都是更大的問號。以問號結尾的人，勢必要以另一生來解除問號。我們每一世所製造的問號，已經是一條無頭無尾、來自虛空潛入虛空的環鍊。問號是我執的產物，我們就是問號的化身。榴槤本身散發的不是香味，也不是異味。它甚至不是為了人類的吃而存在。它以自身的風味成長、成熟。果實裂開，種子掉落，再發芽成長。它留給人們一些有關味道的問號。成熟的榴槤是一個長了刺的句點，而句點外圍排排的刺又給我們另一個問號。榴槤為何要以如此的武裝進入生命的流程？榴槤武裝的對象是否就是人？

榴槤是水果之王？榴槤是最難入口的水果？這是人類所製造的問號。老教授夫婦來函，感激那段吃榴槤的獨特經驗。這封信的結尾是一個小小但明確的句點。

《中國時報·人間副刊》八十九年六月二十日

去機場的路上

送你去機場的路上，你默不作聲。這是秋冬之際，忽晴忽雨的尷尬時分。幾年的寒暑在心中重溫一遍，大都是那些不敢碰觸的蹩腳情節。突然，你說，「小巷那個賣素食的小販還在嗎？」這時，一個跛腳的女孩慢慢走到巷口張望。涼風無聲地吹著，零落的光影灑在她倉皇的臉上。我沒有回答，你繼續默然無語。

車子在紅燈前停下，我從反光鏡中看到你凝視街景的表情。你似乎不是在探索記憶，眼前的瞬間就是記憶的前景。女孩和那個昔日賣素食的小販在小巷牽連的身影，是我們目前心中可能唯一的交集。吃素的日子隨著微風攤開如斑斑點點的波紋。我們什麼時候開始以赤腳去試探那白花花的水溫？年歲累積如退去的泡沫，最後殘留如一面光滑的鏡子，雖然鏡面已沾滿了塵垢。素食似乎仍然停留在一個朦朧不想殺生的意念上。但其中緣起，心性的追尋和探問，猶如這城市的煙霧，並非紅綠燈可以警示或表明。

陽光在前面的路口反白，你不經心的打了一個呵欠。我們無謂地給生活一些陳述句和問號，而問號總導致另一個問號，直至變成驚嘆號，最後成為雙向曲折的文本。這就是如今的你我。兩年前，當我們得知那個小販在巷子遺失了一條腿，我們似乎有一段簡短的時日，透過共同關注的對象，看到一再浮動中瞬間凝止的心境。那天，那個小女孩看到我們又一齊走入小巷的笑容，你還記得嗎？這當然又是一個可能致命的問題，我還是把它放在心底。

進入機場前，天空開始飄起雨絲。上天似乎在排演一個濫情的情節。我朝著「出境」的指標加速。突然，我難以置信地聽到你輕聲的言語：「我們開慢一點，好嗎？」我不知道那是戲劇性的峰迴路轉，或是另一個浮動的符徵，我只知道你那熟悉的微笑，即將留給漫無天際的浮雲。

八十年代初稿

《人間福報・副刊》九十五年十月二十一日

午後的召喚

打字機的聲音隨著冷氣的韻律，在午後打破寂靜。是否我們必須藉由他者才能證實彼此靜默無語的存在？我們似乎已經走入海德格「沉默是真言」的迷宮裡。每天，無語地聆聽晨鳥對我們的揶揄。每天，我們靜默地目送夕陽在桂花香味的光影。一度，我們能輕鬆自在出入語言，如今，我們以語言遮掩朦朧的思辨。思維是為了超越實際軀體的翻飛？我們在宗教裡覬覦一點救贖的希望；但來世未知，這一世已經沉淪。我們的無言道盡我們的罪惡，我們又把罪惡累積成無言。

你在打字機裡寫什麼？讓那禁錮的無聲傾洩而出，作為語言的報復？有一種衝動想瞥一眼那些密密麻麻的文字，雖然那可能又是另一種業障。語言從來就很難守護祕密。沉默已不是語言的屋宇。即使禁絕眼睛的誘惑，所有的意圖已化成無形的書寫。但就在這一瞬間，我發現自己又墜入海德格布下的陷阱。

「陷入」或「墜入」是不得不的存在？

然而，打字機也是一種想像。那是二十多年前，以敲擊時間，作為時間的見證。當年留學時，午後鍵盤敲擊的聲音，伴隨奧斯汀盛夏熾熱的欲望。潛意識出國留學的動機，在文字的渲染下，變成「只有當下」的急迫感。面對當下，必然面對存有的言說。空氣裡，靜默的暑氣似乎佈滿訊息，我是否在傾聽，還是急著書寫言談？

記憶在午後有更清楚的輪廓。記憶中的午後在當下的午後，有如隔世的召喚。也許輪迴的不只有情眾生，還有客體的時間與空間。也許不是重複，卻是類似主旋律的變奏。所謂休閒，就是遠離打字機敲擊的聲響；遠離奧斯汀的湖光山色，而在旅途上探詢新的湖光山色。

那年，博士論文口試考前一個月，想在時間的間隙裡，吞噬美國永無止境的山水。曾經在旅途上，為了在一望無際的高速公路的襯托下捕捉身影，你差一點踩上響尾蛇。曾經在雨後國家公園裡陶醉，輪胎陷入泥沼，難以自拔；為了脫離困境，引擎增加的扭力，差點把人、車投送懸崖。這一切都看在周遭的天候裡。所謂午後，當然是面無表情，沒有皺紋。

曾經在賓州，傳動油管破裂，而車廠即將下班，時間是星期五，因此必須等到下星期一才能修復，但幾千里外的奧斯汀正在等待我的口試。那是留學存亡之際的關口。存有總必須與時間做無止境的妥協。於是，冒著存有可能消散的危機，後車廂裝了約五十罐的傳動油，每隔五十公里加一罐，快速直奔奧斯汀。在高速公路上的奔馳中，有種瞬間即將成為烈士的悲壯與荒謬感。

午後，又是午後。車子進入德州，碰上附近龍捲風。強風捲動雨水傾巢而下。於是，那一部老邁的福特LTD屋頂漏水，底盤漏油。但是我們必須在風雨中繼續奔馳，因為三年前渡海來奧斯汀的動因，在灰茫的天色裡，顯得更加晶瑩剔透。

如今，二十幾年後的午後，也可能有雨。籠罩在灰煙裡的城市一直寄望這一場雨。能洗滌的，是那些塵垢，是那些陳年的異味。雨中發酵的沉默是最具殺傷力的語言。雨水來時，我們是否希望那些染塵的情事，能隨溪水而去？溪水高漲時，我們是否會在洪水裡相見？當你看到我在混濁暴漲的山洪裡翻滾時，你是否會叫出我的名字？

八十年代初稿，九十八年六月定稿

分與合

十月初秋的午後，窗外清冷的空氣帶著天空白雲的訊息，通過紗窗，進入我茫然的瞳孔。這是我遠離燥熱的海島到這個南加州的第二個月。空間的距離，時間的流轉，都在自我提醒：我是道地的異鄉人。並非沒在國外居留過，溽暑季節，驛馬星動，已是多年來必經的飄遊歷程。我的學位甚至是在美國拿的。但秋風起落，身體起了陣陣思鄉的涼意。多年來理所當然的家庭生活，在國外孑然一身時，才映現了它真切的輪廓。文學思想家以哲（Wolfgang Iser）如是說：「想像基於缺無」。缺無構成想像，但這個想像確是實體，而非虛構。夫妻各居海角一方的獨自狀態時，更能突顯那一條忽隱忽現的絲線。人生的反諷似乎在於分中求合，合中有分。分與合是互補的韻律，相互調變日復一日的重複。

和妻道別來南加州一年，變成我們學習成長的機緣。結婚近二十年，我們從未遠離對方獨立生活過。之前，我不會炒菜，她不會開車。如今，我可以作幾道小菜請客，雖然有些菜糊了些；她可以開車送客，雖然引擎的聲音大了些。但我的炒菜和她的開車，分別在太平洋兩岸。「分」的個別動作不應給人「合」的假象。想像的「合」給自己一種瞬間悵然若失的憧憬。也是在這個瞬間，更自覺到家和家人在幾千里外。

但就在這一瞬間，突然電話鈴響，竟然是妻。是否她在遠方聽到我內心的聲音？原來白雲秋涼的消息，已在天邊之外，醞釀島國的節氣。訊息總在似有似無之中。形體的分合，只是看得見的部分，而存在大部分是看不見的，正如政客觀察政治的盲點，現今科學描述宇宙的管窺之見。誰能想像到亞馬遜河有一種「水中之猴」的魚，能從水中騰躍到樹上捕食昆蟲？迎著瀑布逆向飛躍的魚，怎能想到最終的歸宿是人類雙手和嘴巴？形體的分怎能確定不是另一種合。妻說那邊不僅涼氣襲人，而且已是細雨霏霏。雨絲所串接的是眾多無形的訊息，在分合的辯證中，體會到有形的「分」中，「合」的力量從來沒有消失過。這一切都書寫在窗外藍藍的天空裡。

八十五年十月寫於美國聖地牙哥

《聯合報・副刊》八十九年七月二十日

巷尾的一盞燈

如已黑暗，我們是否只能仰賴巷尾那盞昏黃的街燈？

當時間帶走事物的輪廓，在這一條泥濘的巷道上摸索的，絕不是在經書上光明的字眼。連身體都找不到自己的影子。獨行暗巷，一些魑魅魍魎可能早已現身，只是隱藏於暗處。橫亙於腦海裡的因此反而是清明的構圖，一排排人影浮現，帶著微笑、嘲笑、獰笑、激盪成各種時空的回聲，雖然那實際上只是自身激烈的喘氣。

而這時，也許從那一間房子的屋頂飄下一片白影。瞬間誤以為是一片落葉，惘然失笑，才驚覺樹葉早是陳年舊事。那一片白影在空中的飄浮，倒是預言風的訊息，色彩的對比竟成為路的指標。手中拿捏，是一張白紙，上面有些晦暗未明的文字。

當文字隨風起落，思想成為空中的遊魂。那一度是情感孕育的子民，變成棄兒。它也許在屋頂上久候夜行人的足音。不能在白天現身，唯恐洩漏了文字的祕密。但對於夜行人來說，文字說了些什麼，也遮掩了什麼。放大瞳孔逼視，也只能藉著豪放的行草，揣測一個狂飆的心意，也許是酒後噴灑的真言，也許是解禁的意志。

但這些都在黑暗中變成無聲了迴響。文字形體未明，卻建立起想像和回憶的骨架。逼視的片刻試圖和沒有意義的文字對話。語音來自心靈深處，好似內心也有一張紙，上面密密麻麻的文字幻化成不同的臉孔。各種聲形穿透重疊的時空，而在眼前這一條黝黑的巷道，變成季節的涼意。微縮著頸項，眼前的那張白紙翻飛了幾下，然後在黑暗中消失。

但這條長巷再也不孤單，足音牽連足音。原來只有靜謐才能聽到豐富的音聲。一度我們在人群中看到眾多風中起落的表情，我們在人的瞳孔中遺失自己，說了許多話，但語言的尾音大都穿在腳下發臭的襪子裡，最後在垃圾箱裡求取歸宿，讓一條流落街頭的夜貓裹體過冬。

午夜的「咪」聲，有時使人午夜夢醒。從夢境裡醒轉過來的軀體總有那麼一瞬間，質疑身在何處，今夕何夕。夜晚貓的叫聲竟是那麼熟悉，似乎是往日的一段表白。也許是大學時家教歸來，途中回憶學生父母神情時，內心無以宣洩的言語；或是留學期間，在深夜從實驗室回家，踏著窸窣的落葉，所動的思鄉情緒。從睡夢中醒來，額頭上聚集了一些燥熱的汗珠，但總在思緒裡冷去。

因此，腳步的回音更突顯隻身的清冷。我們擁有很多迎面而笑的臉孔，但我們很難享有知音。人的語言大都是製造聲音給自己。我們甚至只是講話，而甚少聆聽。我們鼓脹肚皮製造噪音，如蛙鳴。在時間冗長的隧道裡，我們轟隆作響，把自己震成耳聾。時代演進，總是誘使嘴巴成長，逼迫耳朵退化。我們以眾聲喧譁來填寫歷史。

有時我們也為自己的語音在空間寂滅而感傷。在晨光撒在眾人失神的表情上，一個老師從心中掏出思想壓縮成的晶體，付諸語言。潺潺語音既然不是驚濤駭浪，唯一的回應，可能只是埋伏於角落的幾聲呵欠。語音隨著時間流走，最後消失於靜寂的大海。臉孔隨著日曆來去，若在這些沉浮的幻影中，偶爾有一雙凝視的眼神，不免有驚心的感動。

於是，我們不免自問：我們是否錯失一些眼神，正如我們錯過許多「瞬間」。我們在時間之流裡看到周遭的人海，但我們是否在一雙凝視的眼神裡享有一個瞬間的狂喜？任何的瞬間都是獨一無二，不能重複。我們的記憶到底沉積了多少個瞬間，多少個眼神？

終於巷尾裡有一盞燈，燈下似乎有一個人，我要藉著昏黃的燈芒好好看那張臉。

原文以〈暗巷〉刊載於《中華日報・副刊》八十年五月十六日

眞實的謊言
——給林燿德

洛夫的電話。我們兩人同時陷入瞬間的靜寂。我不相信所聽到的一切，而他本來認為這已是難以改變的事實，但在電話告訴我的一瞬間，似乎又懷疑這到底是否真實。我想如果我同樣用電話告訴朋友這個消息，我的耳朵也會懷疑我的嘴巴。這也許是近年來最真實的謊言——林燿德離我們而去了。

一個印象中充滿生命力的作家，一個腳踏好幾隻船，不怕跌落水裡，不怕迷失方向的行者。彼岸無所不在，而他似乎總在順流而下航渡。這次他到底踏上那一個岸邊呢？放眼當下的時空，濁水淘盡各種臉孔，山林隱入人事的煙霧，詩裡寄情的心緒永不可得。他的岸在哪裡？想像的繁星點點，星海閃爍的是什麼樣的答案——這是一個真實的謊言。

回憶自我迷惘，「過去心不可得」。常年在「芳鄰」，右手拿叉子叉食德國豬腳，左手翻閱詩稿和詩集，猶如尚待沖洗的底片。那是和你共編《新世代詩人大系》的日子，也是我倆最常接觸的時光。因為洛夫的電話，那些日子已褪盡所有的色彩。記憶裡的輪廓已還給虛空，雖然虛空是個記憶體。當身體交回給虛空，你的彼岸也在虛空。帶著你的詩集到另一個「芳鄰」，當然不再有德國豬腳了，因為此時此刻，你一定體會到一切都是真實的謊言。

記得約一年前，有一次在電話裡，你聽說我吃素禮佛已有一段時間，你在電話裡說，你也在盡量吃素，並鑽研佛書。我滿心歡喜，夾著幾許悵然。也許覺醒總帶有一些難以避免的感傷。編輯藍淑瑀出家，顧問和總編輯吃素念佛，好似雖然詩市不利，以「尚書」為名的出版社尚未輸。都在虛實的辯證中轉進。虛是實的飽和體，而你飽和到消失。也許這就是一個真實的謊言。

過去，你在世的時候，有關你的傳說和「謠言」（？），有些鹹濕的砂粒。我時常為你辯解說：「才氣使年輕有些錯誤的權利」。也許那是我對你的縱容，有些人頗不以為然。但當你一走，那些當年一些自認被你言語傷害的，一剎那間都體會到我們的損失。已不必辯解，我們深深體會到世事滄桑，時間是一個脾氣古怪的對手。所有詩人都在對時間抗爭，你的匆匆一別是否在印證：當我們耗費心神為流言所惑，我們是否已被時間所欺騙？

時間無堅不摧，我們血肉之軀遲早將消融殆盡。但你竟然那麼容易就被攻陷？是時間覬覦你那麼多豐厚的著作？還是你每年的版稅沒有繳稅？也許一個人一生的著作量是固定的，你在壓縮的歲月中提早完成，因而生命也提早結束了？你是否也正如英國詩人濟慈一樣，在創作時聽到時間在背後催迫的聲音，因而文字書寫下絕望的急迫感？但你的體形似乎不像，這麼說來，據說你走之前那一段下猛藥式的減肥方式，是否就是一個充滿反諷的符徵？您急於讓世人記取另外一種形象，但我們閉上眼睛，腦海裡浮現的仍是你以前「寬鬆」的影子。你一生似乎努力使自己變成一個符號，但沒有說謊的特性，就難以成為符號。你的來去正如漂浮的符徵。

因此，當友人對你生死之路如此灑脫的跨越而嘆息時，我對所謂的人生有一種期待，不是期待它的永久甚至濫情的永恆，而是期許以它的不定性暴顯生之本質。所謂生，可能是一種隨時都可捨的狀態。這是個「有情」世界，即使再冷峻，你的作品總記載了這一串串難以糾葛的有情眾生。黏滯的情難以割捨，但總有那麼一瞬間不得不割捨。以有情揣度你急促來去，你當然是一個說謊的符號。好似你已集結的作品突然脫頁，散飛在沒有星星的夜空下。有一個詩人所說：「也許林燿德是外星人，他現在又到哪一個星球去了呢？」

身在霧峰，夜晚我在少數的星星中尋找。今年冬天的寒流像喝醉了酒，我感染到那種暈眩，雖然少了一點酒氣的溫暖。整個天空謐靜無語，可是就在那一小片灰狀的星雲裡，突然覺得這個宇宙從來沒有多什麼，也沒有少什麼。我想起道源長老以前講過的一句話：「真空非空即妙有，妙有非有即真空」。此時此刻，你是否也是微笑地說著這一句「真實的謊言」？

《聯合文學》第十五卷第五期，九十五年三月

回響的，畢竟是一首輓歌

語音在屋子裡迴盪，光禿的四壁嗡嗡作響，詩行的意象在回音中模糊，正如書中那五十多年前的身影。窗外，陽光洋洋灑灑的鑽進樹影。五月的蟬聲似乎來得太早，有點不安，雖然眼前的一些臉孔，還未熟悉，就準備在記憶裡褪色。童年濫情的驪歌不再，但那一股情緒似乎在屋外長廊的某一個地方埋伏。樓梯拐角處，或戶外開闊處，年輕的聲浪自信地牽動鐘聲。時間從不曾遲到，準時帶來一些生澀的臉孔，準時帶走一些疲倦的表情。

我還能透過哲人或詩人告訴他們什麼暮鼓晨鐘的話語嗎?書頁翻動早晨和自己的心象。樹影旁邊，夾帶馬路喧囂的日子，熟悉得如清晨的咖啡豆，一粒粒在磨豆機裡粉碎，放出清香，迷戀口舌，直到變成殘渣，以垃圾桶作為歸宿。

咖啡醇香的日子可以倒數，最後沉積於書櫃裡的檔案、臉孔只剩下名字，名字然後變成遺失意義的文字，最後可能使自己驚覺的年歲的代碼。

而他們能記取什麼樣的神情來彌補紀念冊上呆板的姿勢呢？一個噴吐帶有火花的語句後，突然窘迫的靜默？那橫掃過來的眼光逼使他們低下頭後，變成黯然的語調？我們用眼神迎接眼神，從他人的眼神看到自己起伏的心境。

還能相信富於深度的文學或哲學是使自己年輕的良藥嗎？美好的東西縱膩口味。從智慧的領域回返，粗陋的現實更加苦澀。人世一切都必須放在時間的括弧裡。面對時間，所有的聰明和智慧都變得笨手笨腳。美麗最基本的條件是青春。哲學家的智性經由時間交給弟子傳承，詩人的敏銳在風中變成無名的輓歌。每年面對不同的表情重燃一次火焰，但每次見證所有的智慧和感受只增加了燃燒後的餘燼。

還能相信自己的語音能點化愚昧嗎？白日沒有繁星，低沉的音調也許是夢遊最好的氣氛。雙手奉上的禮物難得珍惜，智慧也必須保持相當高度的身姿。講桌使講者俯視聽者，自是遵循了古今的明訓。仰之彌高，不敬也得畏。凝視或互看的角度就是師生倫理的結構。

所謂的夢遊是自己文字的遐想。心靈悸動的，就是年復一年兩排焦點聚集的眼神。但望之深，失之切。眼神無以留下任何的痕跡。當樹影在陽光下切入窗框，每一個人都必須把眼光收回，從哲人或詩人的側影中收回，從繽紛的意象裡收回，從翻動的書影中收回，從語音的來處收回。離開斗室，長廊的足音過響，轉身下樓，迎面的是豪放的新聲。

能否棄絕這年年一開始就可感知的結局？人的悲劇就是沉陷於生活既定的流程。揮動的手臂在水中難以使力，岸邊風景匆匆看著我們流過。我們在水的奔流中能留住什麼，把歷史交給天色，把現實交給濤聲。自己的影子抽離出身軀，以俯瞰的姿勢看著軀體躲過重重疊疊的漩渦後，靜靜地歸向大海，歸向海天一處的雲霧。

所謂生的意義就是使自己的影子有瞬間的跳脫。語音回響或重複的不過是這麼的一句話。幾千年來，黃河所訴說的也是這麼一句話。由於影子跳脫，它不會在氾濫的水流中淹沒。歷史就是人留下的影子。以影子構築生的命圖，聲影結合。但語音在回響中跳脫的，畢竟就是一首輓歌。而這一切，他們是否真能聽見？

八十年代初稿，九十八年六月定稿

《聯合報．副刊》九十八年七月二十八日

生活中的奇蹟

一個初秋的黃昏，我們在客廳喝下午茶。熱水瓶的水將盡，我到廚房拿水壺燒水。我彷彿看了一眼窗外那一棵在微風中擺動的芒果樹。葉子有一大部分已枯乾，想起妻不日前曾說，這棵樹大概被蟲咬，應該找個時間好好修剪一番。我突然有一種衝動，想馬上拿鋸子鋸掉那些殘枝敗葉。這時水已沸騰，水壺尖叫了起來，我叫妻裝開水，就匆匆到外面去了。打開紗門時，我瞥見了妻一臉疑惑的表情。

黃昏是蚊子寶貴的時光，我在肌膚上感受到牠們雀躍的存在。微風和夕陽刻畫出芒果樹被折騰的身姿。我記得已拿起鋸子要在一根枝幹上下手，但不知為何我沒有馬上鋸下去，卻走到旁邊距離約五公尺且低於地面約一點五公尺的乾魚池。魚池裡有一個大水缸，我看到水缸裡挺立一朵盛開的蓮花。我非常興奮，因為自從我的後花園被地主收回蓋公寓（為此，我曾經想寫一首〈失樂園〉的長詩），自從蓋公寓時不少水泥掉入水缸，不僅花容不再，蓮葉也幾近黃爛、奄奄一息。但我的興奮非常短暫，我的目光被旁邊的靜靜的水流所吸引。

水缸所在的位置本來是一個魚池，但我們不養魚，因此地面應該是乾的，水是從那裡來的？循著水跡，我終於在牆外找到一個猛冒水的水管，那是當年後花園還在的時候，我們從魚池這邊額外拉到牆外的一條水源，後花園不在，它的水龍頭也面臨被摘下的命運，成為一條渴望歲月的空管子，但眼前卻水勢洶湧，奔洩出累積了將近一年的欲望。由於水勢大，水已回流至牆內的乾魚池。這股水流的控制開關在乾魚池這邊，是誰打開了這個開關？

妻說她沒有。但接下去讓自己驚訝的是，為什麼我在燒水泡茶時會突然想去修剪芒果樹，而不經心地發現這已經噴水可能不只一、兩天的水管？妻也一再問我，為什麼要選這個蚊子最多的時候修剪樹，而且我又正在喝茶。我答不上來。我在內心反覆思索這個過程，一切似乎明晰卻又恍惚，總覺得其中少掉一段情節。突然「啊」的一聲我叫出來。我告訴妻，在廚房燒水時，我看到妻切好放在籃子準備晚上要炸的番薯片上有一隻蜘蛛，我當然不想殺牠，但也不想讓牠留在屋內。我小心拿著番薯片開廚房的門出去，看到芒果樹在夕陽光中擺動的樣子時，蜘蛛已不見了。妻微笑著說：「那感覺不是很好嗎？為了不殺一隻蜘蛛，卻發現了噴水的水管。」

感覺上，蜘蛛似乎在給我訊息，而我的動作是一種本能的感應，生活上有不少這樣的例子。妻常說我是一個感應較強的人。不經理智分析，隨著直覺的韻律起伏，一呼一吸中竟有這麼多訊息，噴水管的事件終究將只是記憶中小小的點滴，但任何點滴都是獨立的瞬間，在瞬間中感受其殷實飽滿。時間使一切朦朧，雖然時間是各個瞬間的組合。我的生活似乎穿插了不少奇蹟式的瞬間，當瞬間在時間之流中沉澱，另一個瞬間又聽到當時水滴和水流碰觸的回響。

大三升大四那年，我已找好新租的房子，由於書又多又重，想每天帶一點，不必急著搬。過了兩天，突然覺得當天就應該全部搬走。於是就來回跑了幾趟，幾乎把自己累垮。可是再隔一天，我在街上赫然看到原住處一片火海，火焰在屋頂似乎向我招手，我真不敢相信自己的眼睛。那是一棟四層樓的房子，頂樓以夾板隔間租給學生，那一天，祝融吞噬掉所有四樓學生的衣物和書本。而我不知道為何自己前一天急著搬走。

上研究所那年，我又要搬家，所有狀況幾乎是上述的重演，突然決定一天內完全搬清後，事隔一（兩？）天，木柵大淹水，看看朋友所有泡損的書冊，還不知道怎麼安排心情。

也許是時間沖淡記憶，所有「不知為何」的突發感覺，可能當時都是有意識的感應。也許是天色裡某些雲彩的變化，也許是空氣中瀰漫某些味道，也許是聽到內心的某些聲音。這些微小的變化和聲息，本質上是沉默的，人要聽到這些沉默中的聲音，必須遠離喧囂。正如釋迦寂滅前所語：「欲求寂靜無為安樂，當離憒鬧。」俗世本是一場無謂的喧譁。現實更是以無意義的聲音去博取空洞的迴響。社會地位大多來自於社交，而社交又大多基於閒聊，而閒聊可能是罪惡之源。

閒聊常在有意無意間傷了口德。閒聊為了尋找話題，時常撥弄是非或無中生有。語言像垃圾般隨意丟棄，而事後又不承認是自己丟的。言語的惡臭總會傳到被說話的當事人的耳鼻，閒聊的因總要結一些無聊的果。

即使和少數至親好友閒聊，也要自我提醒不要使語言墮落。人的墮落大多來自語言的墮落。反之，由真性主導的言語也許只是一場迴盪的笑聲，但這些笑聲都是尊重語言的存有，而不是把語言作為社會現實的工具。

與其在閒聊中埋葬語言的真性，我寧願獨自在地下室隱入樂音的脈流。有時陽光從天井灑下，水影、日影和音樂中「雲雀的飛翔」引發全身一陣雞皮疙瘩的觸動。一些訊息似乎就在光影照射下的微塵裡，一些景象飄浮於地下室的空間，我「突然」感受到一些周遭的自然或人事，有些變成我對另一個空間的某些語言的感應，有些變成詩的意象。

自然的訊息無所不在，要體會這些訊息就先要尊重各個生命。在那一段還有後花園的日子，清晨，在沾滿露珠的韓國草中發現一對繾綣的蝸牛，心中湧現無名的敬意，小心翼翼地把牠們「捧」開，回頭面對的是和鳥聲疊景的晨曦。即使螻蟻也有牠該被尊重的生命，當牠們為即來的季節排出莊嚴的行列，人怎能不帶點羞愧和動容？

但記憶也帶來自己一段難以磨滅的愧疚。在有後花園的日子裡，園中有一棵梅樹。一九八九年的春天，對岸天安門廣場聚集了上十萬百萬的赤子。那幾天，才種幾個月的梅樹上爬滿了金龜子，所有的樹葉幾乎被吃光了。我猶豫到底要不要除掉這些金龜子，牠們也有生活的權利，而「吃樹葉」正是牠們求生殘存的方式。有一天，我決定狠下心來除掉牠們，否則梅樹就活不下去了。我用兩塊鵝卵石對著一隻隻金龜子敲擊，金龜子身體爆裂開，流出綠色的體汁。半個小時後，梅樹根部布滿了金龜子變形的屍體。

那天下午，我一直不安，腦裡一再浮現出金龜子各種扭曲變形的屍體，綠色的體汁從金龜子的體內流出，慢慢匯集成水流，水慢慢上漲，瀰漫了整個大地，而更令我震驚的是，綠色的液體已經變成紅色。

第二天，天安門事件發生了。這一天，我寫了一首詩「這一刻」，前面三行是：

正在屠殺梅樹上的金龜子
空氣中傳來
天安門的槍聲

金龜子事件是我記憶裡一塊難以切除的腫瘤。為了拯救梅樹殺金龜子，但兩年後後花園變成公寓，梅樹也被砍除，一切盡是愚蠢的「血腥」。我帶著贖罪的心情寫下這段文字。

至於當天綠色的液汁在意識裡血紅一片！可能是提醒自我的罪過，算不上什麼感應。雙手沾滿血腥的人沒有資格談感應，更甭提奇蹟。我深深知道：要對生活的奇蹟有感應，先要對無所不在的生命有感覺。正覺不講神蹟，但誠者心中自有真如。

《聯合報・副刊》八十四年三月二日

從爆竹翻臉到雲雀的飛翔

這是一個爆竹翻臉的時代，久遠前一聲聲爆竹所散發的喜氣，在現今只留下刺耳的噪音，和黑槍合韻。爆裂的紙花是片片人文的心意。

生在這個時代的嚴肅詩人，勢必是心靈的放逐者，人文關懷使他在寫詩前墜入瞬間的茫昧。當一個詩人跳出自己水仙式的倒影時。面對人世，他發現身心已布滿創傷。現實只願看到外表的痴笑。不願面對詩碰觸內心的真象。這是拒絕詩的時代，當一個國立大學校長說：「詩有什麼用！」時，這個時代已到處迴盪著如此的喧嘯。

在世俗的眼光中，詩當然沒有用。因為它不能用來製造歐羅肥。嚴肅詩人的路雖然坎坷，但他內心充滿自足，總相信，現世的聲浪終有退潮的時候。在時間之流中沉澱，有如詩中的謐靜和沉默。那也是在歲月傾砸後，後世能在水中看到的光體，不一定是詩人個人的光芒，而是人性和人文的軌轍。

但詩人也將被時間的潮水帶走。這是詩人早有的自覺。詩的歷程就是宿命的旅次，只能在有限時光，盡最大的可能。力求精神的鼓翼飛翔，但清冷的大氣是否提醒足下翻騰的紅塵？似乎要飛離地面，但總離不開地面，正如作曲家范威廉士的〈飛升的雲雀〉。以前曾經寫過一篇有關這首曲子的「尾音」，也許這是寫詩的心境。唯一不同的是，除了故國之思，還有現實之嘆：

當雲雀漸漸飛離地面，牠看到什麼世界？小提琴纖細柔美的音型勾畫出雲雀翱翔的姿勢。所有的湖光山色盡收眼底，那一片草原在雲的聚散中明暗交替，遠山似乎穩當坐落，凝視這日以繼夜的朝夕變化。天藍藍的，不訴說什麼，正是雲雀的去處。

可是音樂優雅中卻帶有淡淡的哀愁。代表雲雀的小提琴也許感染陣陣的涼意。高處不勝寒，開闊的視野竟也要付出昂貴的代價。民謠風的木管吹出稚幼純樸的童年，好似雲雀也有一段藕斷絲連的往事，歷史輕輕播撒，那歪斜的藩籬，那斑駁的茅舍，那色彩雜沓的煙囪，以及那斷斷續續的炊煙。

也許真正哀愁的是人事，而非自然。感傷的是聽音樂的人，而非音樂中的雲雀。但正如葉慈詩所說：「我們如何分辨舞和舞者」（How can we know the dancer from the dance）。在一溶入音樂的瞬間，主客已難以分野，滄海桑田，仰俯其間的，是人也是自然。

當遊子遠離家鄉，江山變了顏色。每當駕車橫越大草原，草色緜延和天邊成一線，頓時總覺得時空錯失。若是天色將晚，不知身往何處，景象朦朧了起來，更覺得隻身的飄零。海闊天空只是心無牽掛的人的胸襟，對於遠離故國，或遠遊異國的人，眼前的山水就變成心中山水的投影，已失卻了客體現有的色調。面對空間，回響的是時間。景象退出，聲音介入。

樂音引發記憶中的聲音，樂音描繪的景象全憑想像，而想像的景象卻是故國的山水。這一首范威廉士的〈飛升的雲雀〉在艾歐娜．布朗和馬利納合演下無意間為一個東方的聽者勾出了心中的景致。英國田原間散發的草香味竟響起了中國塞北牧牛稀落的鈴聲。幽雅樂音中的愁緒是人世對自然褪色的感慨，但英國的山水畢竟還在，而東方，這一切只在追憶中形成，自然之虛幻有如人世之飄忽。

艾歐娜．布朗的琴音更加細弱起來，以雲雀的眼光看來，這一切人世的風景已將退出瞳孔的焦點，即將沉積成歷史；而以地面上的人看來，雲雀不知離開地面追尋什麼？在追尋的過程中已失掉痕跡。

八十九年詩集《爆竹翻臉》序，九十八年改寫

無聲的回響

音符全部停止之後，心中的音樂才真正開始。延續的不是剛剛那一陣銅管和打擊樂器的爭辯，更不是那一陣子雷鳴或丟玻璃杯，而是一些音符在演奏空間回響所營造的心靈的空間。通常這些音符絕不是被貼上音響標籤的「發燒唱片」或測試唱片。甚至連進行曲或者管弦樂的華彩都不是。它是一個似有似無的旋律和節奏，在心中縈繞不去。我們讓那些音的點滴，滴到心湖裡擴散，產生漣漪，於是我們有了這樣的詩行：

十吋的古唱盤流出江河水
木床遂回響以整夜的輾轉反側

緊跟著音符的是創作，大部分是文字的創作。也許我們可以說文字是音符的空間化。我們在一段蒼涼的樂音之後，想到季節過後，在世事浮沉的樂音裡，最後總是爆竹翻臉。音響室裡一切沒變，左面喇叭上面的古鐘早就停擺了，時間凝止，空間依舊，但已在人生的流程裡翻滾，滾落的灰塵都在地毯的孔隙中沉澱，這一切都看在擴大機開關燈的那一對眼睛裡。

有時無聲的美感在於音符與音符之間，感受到一粒粒音符在演奏廳發出一個標記，而這些標記在音響室裡敞開、蔓延。這也許就是我們所謂的「空氣感」、「空間感」。在音符和音符幾分之一秒的瞬間，我們呼吸到這樣的空氣，經驗到如此迴盪的空間。也許現實世界還是在隔音窗外，隨著光影演出哭笑不得的輪迴。就讓政客的嘴臉鎖在電視的螢光幕裡，讓他們用口水的奔瀉去面對群眾的喧嘯，只要讓我們捕捉到一些音符在空間中小小的回響。

因此小提琴和鋼琴聲音的特色在內心造成極大的變化。人總在呵護和追逐浪漫中成長，我們有那種憧憬式的幻覺，總覺得人都在佛或上帝或所謂真理光暈下庇護成長，而這些光暈是不會斷絕的，正如小提琴綿綿的音韻。但人終在斷裂的縫隙中成熟，音符之間的空隙所造成的迴盪有更大的生命感。語言佈滿空隙，而空隙中盡是沉默中的語言。語言的最終目的，可能在製造沉默，音樂的最大感染力，在於音符與音符之間幾分之一秒的間隙。休止符是最豐富的音符，音樂演奏會之後，一個曲終人散後的廳堂，正以空間靜寂的回音，為一個不忍離去的聽者演奏另一首有關生命的曲子。

這是成長中的變化，是從小提琴轉移到鋼琴的變化。聽一張Naxos西崎崇子演奏的貝多芬的小提琴奏鳴曲，琴音甜美至極，但聆聽中，總不知不覺中從位於前面中間音像的小提琴轉移到靠右邊的鋼琴。一粒粒剔透的音符中所散發出的回響，好像和小提琴作辯證式的對話。小提琴有多少黏膩的事要訴說，但鋼琴使人在翻騰的情緒中，感受到幾許的空靈。琴音能訴說什麼？最後總是終止符。

小時候就喜歡胡琴，喜歡它給年少的自己帶來一些「強說愁」。大學時代，午夜裡，以一支十塊錢的唱針在翻版的「女王唱片」的溝紋中探尋〈江河水〉，就像小澤征爾聽到閔惠芬拉奏〈江河水〉所感受人生化不開的悲痛而掉淚，多少夜晚，〈江河水〉將我捲進人生苦痛的波瀾裡。後來有機會自學拉胡琴，第一首會拉的就是〈江河水〉。

但胡琴比小提琴更濃膩，情感傾瀉如哭喊。我們中國經常蓄意去創作一些挑逗眼淚的作品。旋律過於煽情，經不起重複。重複終究導致情感的麻痺，麻痺兩字總結了我們這一代的文化。我們麻痺地看到高樓飛下的垃圾把街上的行人打成植物人。我們麻痺地看到孫中山在選舉期間所淪落的下場。我們麻痺且濫情地把「理盲」的口水奉為不變的真理。

當我們開始喜歡鋼琴或任何樂器音符和音符之間的空隙與空靈，也許我們更能感受沉默的本質。無聲的回響就是沉默的語言，不論是音樂，不論是人生。

原稿刊登於臺灣版《發燒天書》八十三年四月號
九十八年八月小幅度改寫

歷史的騷味

歷史只能遠觀，不忍細看。我們在戰爭、帝王的陵墓和政治垃圾裡表現文化。

一九九〇年夏天，我到了夢思已久的那一大片土地。訝異的是同一種血流，表情是不同的版本。也許現實影響的不只是人的心靈，還有五官。他們少了一些閃爍不定的眼神，臉上無事，總是白雲青天。而我們這裡，有許多男子，滿嘴的檳榔，滿身的錢味；我們有很多女子，好像都是從花街走出來的。

川西的風景帶來的不是心的悸動，而是一種蒼茫。放眼所及，山羊在暮色中自己組隊踏上歸途。賓館前的小溪潺潺流過，流向遠山的雲霧。而遠山之後，正是旅遊的焦點。那碧綠清澈的湖水看透了多少迷惑的眼神？山靄來去，揶揄我們的意識：這可是人間？

但抽離紅塵的山水，畢竟是隔離人世嘆息的小小悲劇；歲月流轉，自我重複時聚時散的山氣。越往東行，隨看流水越來越混濁，我們撞擊人所留下來的殘痕。

在成都參觀寶光寺，脫離導遊絮絮叨叨的口辭，沉湎於木石在歷史的浮沉，赫然發現在一蒼老的殿柱上，隱約看到對聯旁邊一些刮去的文字：「跟著毛主席前進」。文字雖隱退，但仍令人怵目驚心；再看周遭來去穿梭的僧人，恍如隔世。洽詢導遊，那當然是引發噩夢的一段記憶；文革期間。雖然周恩來派兵保護文物，但寺廟的神明也勢必要向人世表態。腥紅的文字一度在神殿裡張牙舞爪，但時間是最後的勝利者。這些文字終於告別歷史，只留下一些浩嘆，當然有多少當時滴血的人連聽到這一聲嘆息都不可能。

自然有其恆常之道，但人總翻覆自定之法。正在感慨之餘，在大雄寶殿的門柱上，我看到一幅對聯：

世外人法無定法然後知非法法也
天下事了猶未了何妨以不了了之

這是清朝一位何元普所題的，和前面文革的文字相參照，道盡人世的滄桑。歷史是多種痕跡的累積。文革留下惡名昭彰的痕跡，後來要塗抹，反而欲蓋彌彰。何元普我不知他真正的文名，但就其柱上的痕跡，一個名字在我心中迴響。對聯說穿了中國人的處事方式，但後世仍在重複類似的行徑，增加一些血腥，製造歷史。我們的歷史發出多少異味，這也不能細究，一切「不了了之」。

人不僅「法無定法」，而且以其「非法」干預自然之道。長江三峽水位高了二十公尺，往日崢嶸的山嶺矮了一截，這當然拜葛洲壩現代文明之賜。未來據說計劃再築壩，屆時三峽將沉澱於水底，變成歷史，而兩岸歷史的痕跡也永遠成為另一種歷史。也許這仍是自然之道：人世改變自然，自然之水淹沒人世的痕跡。

這是自然和人世的平衡。紅衛兵的傾砸也是自然之道。在北大和北師大演講座談後，晚宴上，一位教授說了一段歷史的軼事：

香港某電影鉅子前一陣子捐十個圖書館給大陸十個重點學校。到了北師大時，由校長等學校行政人員陪同在校園裡找適當的建館地點。這位電影鉅子走到毛澤東像旁邊說：「這裡最好。」後來毛澤東的雕像就被炸得粉身碎骨。

為此，我們帶著苦澀的笑聲狠狠的乾了一杯。

但歷史給自己帶來最大撞擊的是長城上和帝王的陵寢。長城上，風吹亂再也難以調理的髮絲。城牆是由一塊塊灰色的土石在山的稜線上堆砌而成，多少民伕埋葬在裡面，未能抵禦外侮，就已喪失了生命。當然也有多少生離死別的慘事造就了中國留下足以傲世的文明，讓外國人在月球對著這地球唯一醒目的建築讚歎。

在帝王的地下宮殿裡，層層迂迴，我們走入歷史的洞穴。一個碩大的棺木伴隨著龐雜的陪葬物在玉石的墓室裡發出歷史的幽光。但我只聽到無數民伕的哀嘆。文字告訴我們歷代帝王之死大都有少女殉葬，因此放眼所及，這裡變成刑場；也許施工的設計者在完工後也被處死，惟恐洩漏了密室的機關。耗費全國兩年總經費和無數性命就是為了安頓一個人的死，而我們在他的陵闕裡讚揚石室的精雕細琢，在陪葬物裡頌揚中華文化。

從黝黑的石室再面對陽光，也走回即將成為歷史的現實。殉葬的事已是過去，「偉人」的雕像也玉石俱焚。從陽光下一張張素靜的臉孔。也許我們可以展望一個毫無體臭的歷史？但我們聽到許多爆裂聲響的尾音。

而渡海歸來，放眼又是滿街的庸庸碌碌，滿臉的銅臭；我們在瀰漫的黑煙中追憶五官。在四處的政治垃圾和工廠的廢水中聞到歷史的騷味。

八十九年詩集《歷史的騷味》序

第二輯

達達的眼神

——我家皈依三寶的愛犬

相信此生的緣分，來自虛空外的前世。達達在一個春節的機緣裡，來到我們家。那年春節前，家裡前院一個造型特殊、雕工細緻的小石臼不見了。放眼看去，院子裡那些石磨、石槽、石珠的表情都寫著不安。春節在大哥家裡團聚，談笑與憂慮聲中引發了大嫂影響我們一生的一句話：「我有一隻狗給你們，牠很會看家。」那就是達達。

當天黃昏將近，達達必須要和大哥大嫂告別了。我打開休旅車的後車廂，大嫂牽牠過來，達達的表情有點疑惑，我突然心有不忍，心想「假如牠不願意跳上去，就不勉強，一切隨緣。」內心的語音還在意識裡迴盪，達達已經在大嫂輕聲的命令中，跳上後車廂，準備邁向一個遙遠的陌生之旅。

回來臺中的高速公路上，不時塞車，那是春節假期必然的車潮。達達一路站著，站在車廂上一疊紙箱子拆開的厚紙板上。車子開開停停，速度不一，厚紙板滑動，達達的腳步不穩，但牠默不作聲站著。有時我們眼睛的餘光感覺到牠在看我們，但是我們一回頭叫牠的名字，牠就急著側過頭看著窗外。窗外當然是黑色包裹的世界，點綴著成排成串的車燈，以及遠方閃爍的光影。我們看到達達茫然的眼神，望著靜默無語的夜色。

回到家前，妻下車去超市買牛奶，我留在車上陪牠。達達仔細看著窗外的街道，仔細看著過往的臉孔，仔細端詳兩邊的建築，好似要找尋一些熟悉的過去。

當天夜晚，只能暫時讓牠睡在陽臺的紙箱子裡。那幾天寒流過境，溫度降到個位數，我們在被窩裡偶爾半夜醒來，意識裡閃現「不知道達達冷不冷？」但接著又快速墜入夢鄉。陽臺靜悄悄的，沒有任何聲響干擾我們的夢境。

接著幾天，達達沒有吃狗乾糧，偶爾喝一點點牛奶，身子經常發抖。不知道是飢餓還是寒冷，還是在飢餓寒冷中思鄉，思念飼養牠的「爹娘」？再接著，我們在牠的眼神裡，看到對我們強烈的依戀。好似過去的依靠已經隨著時間之流飄逝無影，我們是牠唯一能抓取的浮萍。

和大部分的狗一樣，達達有驚人的聽力與嗅覺辨識力。下班回來，車子停在百公尺外，牠已經在狗屋旁邊，帶著鐵鍊子跳躍。在屋子裡與妻子小聲提到等一下要散步，牠馬上在陽臺聲聲催促。社區裡外來的車子，雖然以我們同樣的車型偽裝，達達必然吠聲提醒：你是外星人。

牠有豐富的語言瞭解能力。牠經常坐著享受我們的撫摸與讚美，偶爾我們在漫長的讚美詞中夾一句：「但是假如達達能……就更好了。」牠聽到這一句，一轉身就進牠的狗屋去了，留給我們一個「不想聽」的眼神。

達達的眼神似乎蘊含繁複的言語。牠的眼神是文字的意象化，默默地轉述我詩學經常被引用的句子：「沉默不是啞巴式的無言，而是語言趨於飽滿的狀態。」

達達到了我們家後半年，正式登堂入室。原來綁在屋外的牠，每逢打雷下雨，經常嚇得兩腿發抖。有一次也是雷雨，牠全身抖個不停，我們讓牠進來，等到天晴再牽牠出去，並且跟牠說：「以後下雨打雷才可以進來」。於是，就在一個賓客盈門的午後，大家談笑間，達達突然出現在紗門外，發出輕輕哀嗚。我們仔細聆聽，原來大約幾十里外的天邊有「輕描淡寫」的雷聲。牠以哀嗚要我們兌現諾言。從此，牠在屋內開展天地。

達達善解人意。我經常早上五點多起來到客廳打坐。打坐前先跟牠叮嚀：

爹地打坐的時候，不要叫。但五、六點鐘之間，送報生的摩托車總會以聲音造訪。達達吠叫一聲後，接著發出低低的吞嚥聲。前者是對送報生的本能反應，後者是試著控制本能不吵爹地。我打坐一段時間後，經常覺得鼻孔附近有溫暖的氣息，睜開眼一看，達達的鼻子就在我的鼻子前面，相距不到兩公分。牠以呼吸告知我時間。看看手錶，六點半，就是牠每天例行散步的時刻。

後來，我們先後又收養了兩隻一兩個月大的流浪狗。前面一隻叫「妹妹」，兩天後送給我妹妹。後面一隻自己養，叫做「弟弟」。弟弟成長中，經常以「咬」的動作表示喜歡。達達是牠崇拜的對象，因此被咬得最凶。達達從來沒有回咬過牠，甚至每次和弟弟玩耍，前腳騰空，落地前都刻意改變方向，以免踩到弟弟。弟弟知道達達絕不會咬他，因此以「咬得更凶」回報牠哥哥。

但達達會管教弟弟。弟弟來家裡後，花園經歷文化大革命，當然牠也喪失了進駐屋內的資格。牠把一個漂亮的木製狗屋當骨頭啃，啃得幾乎解體。有一天牠又在啃狗屋，一面啃一面流口水。我和妻子斥喝制止，牠相應不理。達達在客廳隔著紗窗，對著弟弟吠兩聲，好像在說「住口」，弟弟果然馬上「住口」。

達達來家裡約九個月後，大哥大嫂來看我們。他們講一件事，讓我們直冒冷汗。他們說，達達在他們家裡，任何地上的紙張都撕得粉碎，花圃裡的作物經常連根拔起，顯然和弟弟同一個行徑。但是，自從到我們家，書房滿地板的書牠從來沒碰過，院子裡的植物也都欣欣向榮。為何個性如此大翻轉，是不是牠有一種本能，知道要珍惜緣分？

大哥大嫂告別時，達達的眼睛一秒鐘都沒有離開他們的身子，直到他們在將近兩百公尺的巷口消失。大哥大嫂第二次來訪，要離開時，大哥跟牠說，達達要乖，下次再來看你。達達的頭別過一邊，不讓大哥看到牠的表情，一個盡是不依與委屈的表情。

每天上班前，我都要面對牠委屈的眼神。但是牠也給我們帶來一波一波的笑聲。有一次牠側躺在地上，一隻前腳不經心地挪到耳朵後面。我和妻子看了大笑並且對著牠說：「達達孫悟空。」從此，扮演孫悟空變成牠的絕活。心情好的時候，孫悟空；要討好我們的時候，孫悟空；我們談話沒有以牠為焦點的時候，孫悟空。

有時達達會陪我在音響室聽音樂。牠喜歡女高音唱藝術歌曲，聽到精采處，不僅孫悟空，還用尾巴快速敲地板，好像打拍子。

大約三個月前，達達與弟弟皈依三寶。也許，達達是來度我們的。由於牠，我們感受到狗細緻的心思與感情。由於牠，我們對流浪狗動了惻隱之心。我們從流浪狗毫無安全感的日子，意識到娑婆世界生命的飄忽與無可奈何的輪迴。每天我們陪著達達散步，在路上踢起塵沙，在河堤奔跑翻騰，在芒草逐風的襯托下追逐晨曦與落日。動靜之間，達達的身影隨著陽光明暗的變化，都是天地法理無聲的演練。有時，牠會在日薄崦嵫的時候，站在高處凝視遠方。在那一剎那，我們深深體會到時間點點滴滴都將還給虛空。牠現在三歲半。我們知道牠的生命可能只有十幾個寒暑，我們無法想像如何面對那一天，我們只能珍惜每一分每一秒的當下。

《人間福報・副刊》九十五年五月一日
九歌出版社九十五年年度散文選

母親，話當年

年紀大了，母親經常撫摸她痠痛的膝蓋。痠痛是季節與記憶的提醒劑。年少時，金瓜石靠海邊的日子，在腦海裡製造大雨與海浪的聲響。回憶總是黏濕的，在瀝瀝雨聲中，敍述情節。

童年的印象裡，父親滿臉笑容的輪廓還不明晰，就已經到另一個國度去了。那是一個颱風前後七天裡，演變的生死。母親從此以勞力肩挑家庭的生計。一個沒有「念過書」的女子，以三十六歲的年齡，為了一個月四百五十元的薪水，要在淒風苦雨的冬季裡，幾乎每天披著蓑衣，肩膀扛著上百斤的機器與馬達，以顫抖的步伐，走向未來。

近幾年來，母親為膝蓋痠痛求醫，醫生診斷，不只是風濕，還有關節炎，而且膝蓋骨嚴重裂開變形。醫生句句的言詞，又是觸動記憶倒退的敍述。母親在雨中肩擔的負荷是不言自明的影像。

成長中，對母親的感恩，不是她給了我們什麼，而是她沒有讓我們做什麼。童年的玩伴個個小學畢業後，不是到大城當學徒，就是在家裡附近打零工，添補家用。父親過世後，我們是村子裡最窮困的家庭。但母親說：只要你能念，就一直念下去。母親把這一句話，當作另一種承擔，不知道是要履行父親臨終的遺言，還是她對我以及對她自己的期許？

但「能繼續念下去」意味我自己必須有意志力做相當的付出。有關學費的事，我和母親都默然無語，本能上我知道這一切都必須靠自己的雙手。於是，初高中的寒暑假，我挑土，推礦車，翻山越嶺探勘礦苗。上了大學，兩三份家教。有時，因緣聚會，會和那些輟學的玩伴短期工作，等到寒暑假結束，再彼此告別。也就在告別的那一刻，我強烈地感受到母親讓我覺得和他們不一樣。

母親無力為我們提供充足的物質生活，但是她讓我繼續走自己的路。高中我念的是基隆中學，必須很早起床趕頭一班火車。我起得早，母親得更早。在濕冷的冬天裡，當我還在被窩裡戀棧溫暖，半睡半醒間已經聽到母親在劈木柴，準備生火做早餐。母親膝蓋的痠痛讓我們修補善忘的記憶，再生青少年的情境。數十寒暑如快速火車看出去的風景，但不論景色如何朦朧恍惚，沉澱於歲月的，總是那些難於揮別的意象——母親雨中披著蓑衣，母親深夜加班回家疲憊的表情，母親大清早四、五點鐘的劈柴聲。

母親更年輕的時候，每天服侍中風癱瘓在床的祖母。前後共八年，祖母身上不僅沒有任何的褥瘡，甚至沒有任何異味。父親患重病被臺大醫院退回，在回返金瓜石的途中過世，隨侍在側的只有孤單無依的母親，母親轉述父親的最後一句話是：「妳孝順我的母親，我會保佑妳。」

也許是母親抱持父親會保佑的信心，我們走在生活的路上，正如金瓜石海邊強風吹襲的身軀，搖搖擺擺，但我們從山城的風雨，走入各個繽紛雜沓的城市，我甚至飄洋過海留學，展望童年難以夢想的世界。如今，母親的子女都稍有所成，而且環伺左右。金瓜石當年海邊的風雨，只是在記憶裡興風作浪。面對臺中，是瀟灑的陽光。每天晨光從門縫滲進，展現微塵，展現了日子和諧的韻律。我們似乎在天色、光影、樹影的飄搖、鳥聲的啁啾中，聽到久遠前父親保佑的言詞。

母親沒有受過學校教育，但她記憶力驚人。偶爾對於子女的言語過度敏感，會覺得委屈，這時我們有一點難以言說的尷尬。但母親做人處事，心地柔軟，有明確的是非觀。現在每天清晨去散步，流浪狗經常左右簇擁，因為她手上隨時準備著狗糧。每星期家人團聚，她費心以美味「飼養」我們這些四、五十歲的子女。她常說，我們小時候她疏於照顧，現在她想好好補償。她經常對我嘆氣說：「小時候你愛吃肉，但家裡買不起。現在有能力吃肉，你又吃素了。」

回首過去，那淅淅瀝瀝的雨聲，重疊了多少汗水的情節。回憶總讓事件沾染虛構，但是時間過後敍述的填補，讓意象多了故事的骨架。往事經常在敍述中朦朧了輪廓。但意象映照的是存有的本真，那一些過往，如雲端的陽光，半顯半隱。當記憶留給虛空，往事有如想像與真實互補。對於母親當年的回憶，也許具體的事件必須加上時間過後意識的反思，才能顯現真實：

〈憶〉

針在纖維的縫隙裡遊走
我在跳動的燭光中
探尋母親的心事
含糊的語句
　被一隻失眠的公雞打斷

好像是釦子不合
　就將就些吧
之後，我們一齊等待
　颱風過後的晨光
父親在牆上的遺照
還未收回笑容
我們彼此安排心情的順序
　有些感受擺在桌上
而桌腳的蛀蟲
　已早起

《人間福報．副刊》九十五年五月八日

絕處逢生

朋友捎來一封信，說他絕處逢生，以後再也不想寫信了。也就是說，這是他給我的絕筆信。我要以怎樣的心情讀這一封信呢？

想打電話去問怎麼一回事，但擔心講不清楚。想寫信，一張空白的紙攤開，現實和時序的前奏洶湧而至，落花時節的言語早交給滿山的芒草。製造報紙標題的任何事件早在彼此的默契裡放逐。在這個時節，適度的重聽和近視是快樂的充要條件。我們以這種默契體認到臺灣真是個寶島。但你的「絕處逢生」是怎麼樣的境界呢？你的信是總統大選後唯一讓我心情波動的訊息。這是否意味現在即使打開電視，你已經沒有在笑聲中砸壞電視機的衝動？或是你已遠度重洋，因為你已經找到一塊可以印上你略帶跛腳的足跡？

你所有的地址和電話號碼已是過時的記憶？假如你已在海之濱、天之涯，這寶島的名稱將自動從我們的腦海裡消失，將成為海洋撞擊的泡沫。所謂的

「絕處逢生」原來是當這個島嶼沉沒時，你的雙腳已踏上另一片土地。那裡有楓葉記載日子的流程，有冰雪封存扭曲的往事。但在吐納清新的空氣時，你將猛然想起島上的歲月原來是唐吉柯德的一生。你當記得，為了一個迷亂的號誌，你的車子在一個十字路口結束了簡短的生命之旅。你原諒一切，因為你知道，飽受汽車廢氣的薰染，島上的交通號誌早忘掉春花秋月，已經患了嚴重的色盲。有容乃大，你和那個被公寓頂樓丟下來的垃圾打成植物人的朋友都心存寬恕，因為你要持久轉述寶島的名聲，而且你說你就是製造廢氣的人。我還記得當年進入火車站你一拐一拐的身影，我不知道那一付枴杖是否已經陪你踏上滿地的楓紅？

但我知道你經常吸納這個寶島的廢氣，而你不是製造廢氣的人。垃圾袋把人打成植物人，是詩學最有力的意象，可以讓很多詩作為時代做註解。因此，垃圾是詩的泉源。如此的意象雖然殘忍，但是卻比吟嘆風花雪月的寫作真實。這是你的堅持，也是你致命的書寫。

你能將垃圾打成植物人轉移成為書寫意象，但我知道你無法面對每天在報紙看到燒炭自殺的種種冤魂。這不能怪你超凡的想像，因為那些都是真實，不需要想像。應該責怪的是你柔軟的惻隱之心。你永遠無法體會師父告誡我們的言語：不要由境生心，不要讓外界造成我們的心絃波動。師父說要「面對它、接受它、處理它、放下它」。聆聽時你默然無語，但我知道你內心湧動的思緒：我們區區小民如何處理掏空國庫的政治人物？不能處理，就不能放下，心絃如何不波動？面對這樣的悲劇空間而不為所動，我們怎能算是有情眾生的「人」？

我似乎聽到你內心言語的回音，想起多年前你寫下的句子：「**國庫要養多少隻蛀蟲／才能抑止通貨膨脹？**」如今你的心情一定更加悲切，因為國庫早就空了，也不需要蛀蟲。

但真正干擾你的，不是蛀蟲，也不是已經掏空國庫的政治人物，而是你想像中那些自殺者的表情。我曾經看到你刻意迂迴走漫長的路，去餵食一隻毛髮脫落的流浪狗，我曾經看到你擦拭桌子時小心翼翼地避開螞蟻，唯恐傷害到他們的小生命。你曾經抱怨說：為什麼佛教教化「護生」，卻很少看到佛教團體積極拯救流浪動物，而讓那些被捕捉的生命，被當作「廢棄物」處理？動物的生命已經讓你心痛難安，你如何想像去面對那些密閉空間中，在一氧化碳薰陶中逐漸無聲無息的生靈？如何去面對以紅色天邊為背景，從世貿大樓往下跳落時糾結而空茫的姿容？

因此，你告別以口水治國的島嶼走向楓紅。也許在接到今天的絕筆信前，我似乎已有預感。幾個月前，我曾經在閱讀你的書信時打了一隻蚊子（現在我已經不打蚊子了），那時心中閃現了如此的景象：

突然我一陣驚心
千里外的你
一定在這時候看著窗外空氣的湧動
也許一條清澈的河流漂浮著晦澀的倒影
也許山頭的白雪已沾滿了曦日
也許周遭的楓紅帶著不知名的血光

楓紅中的血光是你絕筆的預兆？難道寫信只是鬱悶心情的出口，是絕境的代罪羔羊？你的絕筆信布滿了反諷的陷阱。你離開島國真實的絕境，卻陷入自我意識的絕境。有一種可能是，你因為絕境而寫信，寫信卻陷入更深的絕境。所謂的「絕處逢生」是否意味你發現只要不寫信，你就可以遠離絕境？但我是接到你絕筆信的人，難道我才是你真正的絕境？突然，我冒出一身冷汗，突然驚覺：我們放逐現實，卻讓現實的身影更加碩大，躲避現實的文字似乎在助長現實氾濫的洪水。壓抑現實的意識漸漸讓書信的內涵掏空。原來，由於寫信，我們是彼此的絕境。回首過去，記憶所輸出的檔案斑斑點點。雖然沒有具體事件，存檔的磁碟已布滿了霉菌，銘記了寶島的風雨和潮濕的節令。我們濕答答的走了這一生，但是我們卻刻意營造表象乾爽的日子。與其看那些驚心的檔案，不如讓所有的檔案變成空白。我應該在記憶的鍵盤上按上Delete鍵呢，還是寫一封無法投遞的絕筆信，告訴你，我的「絕處逢生」？

《人間福報·副刊》九十五年五月二十二日

垃圾場旁邊的流浪狗

每天前往學校的路上，都會經過一個垃圾處理場。幾個月前，垃圾場外面有六、七隻流浪狗。這些狗以各種姿態和眼神看待來往的車輛與行人。有些眼神呆滯，有些毛髮即將隨著季節剝落殆盡，有一隻走起路來跛著腳，有一隻幾乎看不到肚皮，只看到一條條肋骨。

本來我的車子裡就經常擺著一袋狗乾糧，想有機會就讓那些飢餓的流浪狗填一點肚子。每次餵食流浪狗都禁不住心情的波動。大部分的狗囫圇吞食，唯恐這額外的意外再度成為意外。看著牠們的吃相，不免想到牠們有這一頓，但下一頓在哪裡呢？我只是過客，明天不一定再路過這裡。即使路過，我們有再見面的因緣嗎？

於是，我開始餵食這些垃圾場的流浪狗。每次我大都把狗乾糧分放三處。讓我感動的是，每一處不是兩隻共食，就是一隻狗先吃，吃剩下一半，就自動退出，讓另一隻比較小的狗進食。飢餓並沒有使牠們貪婪，患難反而讓牠們能施捨。

餵過牠們兩三次後，只要我的車子一靠近，牠們馬上搖尾巴向我招呼。牠們的反應，不只是因為有敏銳的嗅覺，更重要的是有細緻的感受。有些狗會一面吃一面抬起頭來看我，以一種柔和好奇的眼神。

我儘量每天路過餵食，有時上下班時間緊湊，有時下雨，地上沒辦法放置乾糧，我的車子匆匆而過，心裡充滿歉疚感。我經常在反光鏡中看到牠們搖動的尾巴又無聲無息的垂下去。

有一天我又停車準備餵食，這時一個人跑來阻擋。他說餵食會引來更多的流浪狗，晚上的叫聲讓人睡不著覺。我說，牠們都在挨餓，難道要牠們餓死？他說，反正牠們不久就會死的。餵，實在無濟於事。

但我裝作沒聽到。之後，我仍然繼續餵食，那個人也不再出現。暑假我難得有兩個星期到美國出差度假。出國的前一天，心情既興奮又沉重。那一天，我乾糧給得特別多。我一面凝視牠們的姿容，一面默默在心裡描繪牠們的輪廓。在美國的日子，我看不到流浪狗。任何風景區都有狗的身影與主人的笑聲，覺得那是狗世界的淨土。

回國後，我再經過垃圾場，那些流浪狗都不見了。我問附近的人，所得到的答案是：「都處理掉了。」我知道這句話真正的意思是：「那些狗都當作垃圾處理掉了。」這就是我們有數百萬吃素念佛的人間。

《人間福報．副刊》九十五年十月二十八日

瞽者同心

陰暗的燈光中，樂音在觀眾席裡瀰漫。臺下有一種悲壯的氣氛，觀眾鴉雀無聲，唯恐錯過任何一個音符。臺上各個樂器發出聲響，在空氣中與另外的音符和聲對位。笛音嘹亮，在明快的節奏裡勾勒遠景，胡琴悠揚婉轉，抒發曲巷情懷，阮咸、琵琶的撥奏，為流動的旋律，灑上點點水花，映照於微風拂動下的春陽。春花秋月從絲絃與笛孔中飛越，但演奏者滿臉沉靜，似乎看穿這些人生必然的結局。

但看穿這一切的演奏者，是瞽者。不用肉眼，用心眼。因為沒有肉眼，所有的音符都必須在演奏前轉化成記憶。一個半小時的節目，意味成千上萬的音符銘記於心。不僅是個別音符，還要記憶如何呼應其他樂器的音符。所謂呼應，是掌控音符的間隙，拿捏休止符應有的時值與氣息。當然存取於記憶不只是表象的曲譜，而是音符串接裡的情感與人生。

因為沒有肉眼，不需要指揮。好似旋律的挺進與和聲，都在黑暗的視野裡，找到默契的伴侶。因為沒有指揮，樂團的外觀似乎有點殘缺；但由於殘缺，音符編織的結構，卻成就另一種完滿。指揮能以手勢為音樂帶來表情，但沒有肉眼接收描繪的表情，反而有更豐富的姿容。沒有指揮，音樂的行進，可能成為四頭馬車，各奔前程。但瞽者心眼所見的，是音樂美學的風景，在同心的步幅裡開展。

這就是「瞽者同心樂團」十月十九日在霧峰亞洲大學的演出。演出，是因為教育部教學卓越計劃的因緣。演出，也是因為「愛與美」是在亞洲大學校園裡流動的主旋律。還有什麼團體的演出比盲人以國樂敍述人間，更富於深意？

但音樂的聆聽不是觀眾對瞽者的同情。呈現愛意的主體不是臺下的我們，而是臺上的盲人。他們以樂音讓我們心生慚愧。樂音所傳輸的，除了樂曲的情感，還提供一面聽眾自我審視的明鏡。我們所聆聽的，不只是牧童以笛音妝點暮色，也不只是滔滔江水敍述時光，而是一聲聲對自我的探問。

於是，身為這項計劃的主持人，我在音樂會結束致詞時，道出如此的言語：「我們因為有眼睛，因而無法專注。我們因為有眼睛，因而聽不到自己和別人的聲音。我們因為有眼睛，因而視而不見。我們在書本以及人生的文本前面，潦草走過，因為我們自以為還有明天。因為有了眼睛，我們輕易相信永恆，而忽視了當下看得見的瞬間。」

這些話，當天爆滿的觀眾大都以心眼聽到了，因為我看到他們正色凜然，雖然這樣的表情所隱含的意義也許只存在於瞬間。

《人間福報．副刊》九十五年十一月四日

泡沫與彩虹

秋涼後，緊接著雨水不時造訪，給乾癟的花草提早送來季節的禮物。雨水的形影是瞬間的存在，從背景建築襯托的雨滴或是雨絲的形容，到落入地面，沒入草坪，幾乎只是片刻的流程。自然現身說法，萬物唯一不變的是變。偶爾雨水匯集成溝渠、成小河，成大江大浪，為存在做了有力的宣示。但是朝夕轉換，日夜星移中，已經變成乾河溝。雨水是自然現象，必然受制於自然的時間。

流水與時間幾千年來經常互為隱喻。寫作以此發揮已經不是想像，而是類似固定反應。固定反應表面上是修辭的僵化，實際上是人生觀照的窒礙。文學的書寫，表象是字辭的計較，其實關鍵是對人生是否有所感覺。於是，流水以各種變貌隱約在時間裡穿梭。不一定是款款而流的江水，也非製造驚濤駭浪的潮聲。可能是即將乾涸的墨水，也可能是孩童吹泡沫中的彩虹。

當溝渠的水流匆匆而過，總有一個角度看到水花撞擊過後的泡沫，也總有一個時機，這些泡沫在某一個視角下映現彩虹。創作表象是靈感運作的當下，實際上是書寫者的想像讓他採取敏銳的視角。所有的書寫不是純粹的偶然，雖然顯現的創作並非意圖的再現。彩虹出現於瞬間，一個在特定角度所看到的瞬間。這是因緣，也非全然是因緣。

小孩吹泡泡的時候，泡泡是自我想像的化身，它輕輕在空中漂浮，能俯視山水，能與遊雲為伴，能一窺遠山之外的天地。如此幾近幻想的想像，在於泡沫的輕盈，在於泡沫的似無重量。

因為沒有重量，所以想像沒有負擔。約定俗成的理念有時是思維的禁錮，吹泡沫的小孩可能是想像的主人。因為能跨越習以為常的視角，觀者在水花撞擊後看到彩虹。跨越意味打破習慣。英國十九世紀美學家培特（Walter Pater）說，一旦養成習慣，人注定失敗。知識的累積也許需要習慣，但創見經常是衝破習慣的靈光乍現。習慣可能是性靈的牢獄，也是想像萎縮後安全的庇蔭所。

但不論是水花後的泡沫，或是小孩吹出的泡泡，彩虹的出現緊接著是泡沫的破滅。因為脆薄，泡泡映顯多彩的光影。也因為脆薄，如此的光影只存在於瞬間。不論是寫作或是生活，泡沫與彩虹映照人的一生。

《人間福報．副刊》九十五年十一月十一日

馬路上的窟窿

馬路上的窟窿是一本簽到簿，任何人走過都會留下跡痕。清晨小學生醉眼惺忪地踏上窟窿，白襪子立即有兩道污水的標示。一部計程車快速奔馳，窟窿濺起積水，引發路邊行人言語的火花。計程車司機心神顛簸，擔心輪胎是否破損。這時，幾隻麻雀飛進路旁的樹影，躲避陽光不想當證人。

下午時分，幾個工人圍著窟窿言談。陽光燦爛，光影迷濛。語音飄搖，猶如電燈桿上搖搖欲墜的燈泡。修與不修、填補與不填補的辯證，據說要等到國務機要費的案情三審定案後才能解決。這些，對面牆上一個穿著女用內衣的模特兒都看在眼裡。

黃昏時，校園的鐘聲釋放上千聳動的人頭，車陣為了閃避窟窿，行進的路線突然變成幾條曲折的蛇身。咆哮與叫罵捲入語言下墜的漩渦，在窟窿深處製造回聲。

窟窿是每天馬路上戲劇演出的舞臺。窟窿也是無聲的主角，默默演出正派與反派。偶爾一個摩托車騎士將後座的女友投入窟窿的懷抱，血跡與哀嚎變成大街小巷朦朧的傳言。所有控訴的言詞，總是圍繞著窟窿是否是主謀的爭論。面對這一切的控訴，窟窿只想消失。

春去秋來，窟窿還在。人間在此演出的，似乎只有悲劇。自從那次工人來過後，就了無蹤跡。偶爾有一張隔夜報紙在馬路上滾動，最後在窟窿裡駐足。上面有兩條醒目的標題。一條是所有的公文都在改寫國務機要費零零碎碎的收據。另一條是颱風即將過境，洪水即將來臨。

颱風過境後，窟窿接受了四面八方來的慰問。有一本掉了封面的六法全書，有一本缺角的存款簿，有一個發亮的勳章，還有久久不能消散的異味。一隻毛髮即將掉盡的流浪狗嗅聞異味的源頭。牠在窟窿裡翻尋，找到一根完全沒有肉的骨頭，還有一封字跡模糊尚未打開的情書。

《人間福報・副刊》九十五年十一月十八日

心中的微塵

房間定期打掃，大的垃圾不見，但總不時發現書架的角落、電話的身軀累積灰塵。灰塵似乎無所不在，標示這就是人間。「紅塵萬丈」是人間的版圖，「紅塵翻滾」是人存在的體現。

且不論考據與典故，「紅」展現了一場熱血奔湧的過程。也且不論身居紅土飛揚的居民，是否有更強的生命力。

但「紅」似乎是顏色的極致，是一個終點，也是一個勢必迴旋的轉捩點，一個警訊，一個色彩飽滿後必須面對的蒼白。

因此，遠離紅塵，意味歸隱山林，或是出家修行。但人間的灰塵，並不消失。佛堂仍然有灰塵需要清理，佛像也需要拂拭。蒙塵的佛像不見得是滄桑，而是人的足跡是否存在的見證。

不論是在家或是出家，灰塵可以擦拭到肉眼無著，但微塵又無所不在。清晨在清淨的佛堂，面對佛像靜坐。偶爾眼睛似乎有光影掠過，慢慢張開眼睛，迎面一陣驚心。只見一條光影從門縫滲入，照現無數空氣中舞蹈的微塵。微塵的舞姿似乎在演練紅塵。

再閉上眼睛，眼前的微塵不見了，取而代之的是心中的微塵。靜坐再也不靜。本來自己修為有限，靜坐從來就難以完全撫平心中的漣漪。總是有些思緒隱約牽連。記憶朦朧的片段，親友忽隱忽現的臉龐，甚至是辦公室是否上鎖的牽掛。景象的來去，並非持續的影像，也非遵行語法的邏輯思維。但它在那裡，標示它的存在，標示你我的心境，正如日影顯現的微塵。

有時幸運，心中暫時平靜無波，似乎微塵不在，感覺舒暢無比。但舒暢的念頭本身就是微塵。人在煩惱中騷動，人在滿足中騷動。

凡人心中沒有微塵的，微乎其微。那幾乎是超凡入聖的境界。心中沒有微塵，因為沒有分別心。沒有分別心，是一種絕對澄明的狀態，但不為境生心，也不興起二元對立的好惡之感。沒有分別心，絕不是什麼都視而不見。沒有分別心，也絕不是無視人間疾苦，只管自己修行。因為沒有分別心，一個高僧才會對一個貪瀆誤國的政客微笑地說：為了蒼生，您應該下臺。

《人間福報．副刊》九十五年十一月二十五日

文字與生活的輪廓

初中的時候，國文老師說我們的作文大致如此：描寫爬山郊遊，大部分的同學會這樣寫：「山下很美麗，山腰也很美麗，山上還是很美麗，山上山下都很美麗。」老師說完了，全班大笑，笑得有一點尷尬。

於今，回想起來。對於景色的感受，不論山上山下，「美麗」的重複並沒有失真。但重複不僅是初中生詞彙有限的問題，因為即使翻字典，找一些相似詞如「漂亮」、「美豔」、「綺麗」讓文句的詞語略有變化外，文意本身的改進並不多。關鍵在於，文學的表達不只是修辭，更重要的是文字的輪廓。

假如我們將山上的景色描寫成：「山上，杜鵑花一面迎接陽光，一面製造陰影。」景象立即變成立體，因為語言有了姿態。不論「美麗」、「漂亮」、「美豔」、「綺麗」，這些都是一種概念。文學的創造，是以文字的輪廓取代概念，而呈現物象或是意象的細節。概念經常使人概而化之。「寂寞」、「悲哀」、「雄壯」、「偉大」、「神聖」等字眼大都容易流於空泛，因為在缺乏生活細節的情境下，是視野朦朧下所做的通論。

想想看一個導演如何呈現「寂寞」兩個字。電影的影像不是說出來的，是顯示（**showing**），不是編導闖出來的告訴（**telling**）。導演可能會拍一個人在破曉時分，坐在窗臺，看著街上尚存的街燈，以及稀疏的車輛，嘴巴猛吸著菸。下一個鏡頭是下午時分，我們從鏡頭看到地板上有一碗吃剩的生力麵，以及幾截散落的菸蒂。黃昏的時候，他仍然坐在窗臺上，仍然看著街上來往的車輛，仍然抽著菸。這些景象「顯示」人的寂寞，但不「告訴」觀眾這就是寂寞。

呈現文字的輪廓，也意味我們生活從概念中解脫。我們經常很輕易地說一個人很「邪惡」、很「善良」，很「崇高」、很「卑鄙」。也許這些概念化的結論，是長年觀察的結果。但是一旦這些概念占據我們的思維，我們再也看不到對方在生活中的轉變。我們甚至以概念取代所有可能的變奏，而忘掉人的成長與時間的流程。一個「邪惡」的人，也許某一天夜晚救了一隻在水溝即將淹死的小貓。一個一度「善良」的人，有一天在陰暗的角落毒死一隻流浪狗。人性不是黑白不分的灰，但黑白的論斷，應該是情境呈顯的色彩，而不是根深柢固的概念。

因為我們抱持概念，我們漠視洪水過後一部摩托車站在茶几上的荒謬構圖，我們無視妻子眼神所牽動的皺紋，我們忽視了母親每天例行的咳嗽已經夾帶著血絲。

《人間福報・副刊》九十五年十二月二日

關口

——一次過關遣返的經驗

關口是檢視自我的明鏡。邁開腳步卻寸步難行，才發現足踝有了傷痕。面對觀眾難以開口，因為心裡自設重重疊疊的障礙。成長意味各種關口的跨越。從小學到初中、高中、大學、碩士、博士、就業，生活四周無不是關口。

關口的前提是岔路。過關意味一條大道在前面等待，直到另一個關口。無法過關意味必須另闢蹊徑，或是折返。有人折返從此一去不復還，有人會再闖關口。折返當然沮喪，因為必須嘗試另一條路窺探光源。即使再闖關口，也必定要歷經一些重複，一些時間的耗損。

折返中，人也從明鏡裡看到遺忘的自我。足踝的傷痕緣起於一個淡忘的記憶，一個愧欠，一個跋扈飛揚的過往。面對群眾舌頭打結，表象的羞怯，實際上是潛伏的我執。

有時在關口折返，既不是自大也非我執，而是對生活的輕忽，或是過於自信。十一月中旬應北京師範大學珠海分校文學院之邀，到該校做文學與美學講座。第一天我的機票先到澳門，由當地詩壇的朋友接待。第二天離開澳門，通關住進珠海的旅館卸下行李後，再返回澳門，因為澳門當天晚上有一個畫廊要我去剪綵。剪綵後是豐富的晚宴，到了九點多主人用車將我送到關口，心裡急著要回旅館沐浴休息，沒想到通關時，被擋了下來。原來我的臺胞證簽證只限「一次通關」，而「那一次」，中午已經用掉了。

於是，我被遣返澳門。沿著剛來的路線折返，沿途面對迎面而來的人潮，以及異樣的眼神，心裡閃現張系國〈香蕉船〉裡偷渡者被美國海關遣返的景象。所有的眼光似乎都是一個個檢視的探照燈，照出我尷尬卑微的心境。

但被遣返只是麻煩的開始。再進入澳門還要填一次入境表格。填表的時候，一個年輕人在旁邊一直問我怎麼填。我多次向他說明，幾乎失去耐性。後來他匆忙走了，我排隊準備進關，突然我意識到一個裝著朋友借我的手機的袋子不見了。那個年輕人的影子，那些聲東擊西的問題，瞬間疊合成一個不言自明的答案。

再回到澳門已經很晚了，朋友幫我安排一個簡陋的旅館。我急著沖澡，想洗掉這些霉氣。但水流從我身上流過時，胸部立即出現紅疹。夜晚紅疹急速蔓延，奇癢難擋，只好整晚睜著眼睛，讓門外男女打情罵俏的聲浪演練各種意象。

但第二天到中國旅行社再辦簽證，卻出奇地順利，在北師大的講座回響的是熱情的掌聲，雖然連續兩天我都是抓癢過夜。演講後當天晚上去看校醫，醫生說是感染上過敏原。過敏原是什麼，醫生說不出所以然。但我知道，這一切大都是來自於對生活的輕忽。我沒有審視簽證的內容，沒有留意再進澳門海關時談話的對象，沒有注意到一個充滿異味的旅館可能的水質。我知道，疏忽，是過於自信，一切想當然耳。原來，疏忽是我過關折返時所看到明鏡。

《人間福報・副刊》九十五年十二月九日

有情衆生的無情世界

那天早上帶達達出去散步，天下著雨。我撐著傘陪著達達到處「作記號」。天濕冷，在室內一個晚上，達達累積了很多「尿意」，要向左鄰右舍宣說。我身上帶著塑膠袋，隨時準備收拾牠的便便。突然，牠急速向左方衝過去，差點拉不住。原來牆角邊，躺著一隻牠的同類，奄奄一息。

我趕快牽達達回去，帶一些乾糧過來，心存一個連自己都不相信的希望。近身看那一隻狗，牠倒臥在路上的積水中，眼睛緊閉，鼻子下有血跡，身邊一堆嘔吐物，胸部微弱起伏，吐納一絲尚存的呼吸。我內心馬上閃現一個意念：又有一隻狗被毒殺了。

近兩個月來，社區已經有六隻狗被毒死。假如將過去兩年的數字也加進來，已經有十四條狗，死於稻田的農藥，死於蓄意安放的毒物，死於人類對其他生命的輕蔑與痴狂。

因為沒有當下的證據，毒狗的人逍遙自在，雖然他們的笑聲與放肆的言詞，在眾多鄰居的腦海中迴響。有一個經常抱怨他家的門口有狗大便。有一個經常咒罵狗吠聲干擾清晨的睡眠。有一個曾經得意地說一個「故事」：他在省道公路的安全島上負責種花，來往的車輛經常從車上拋出吃剩的餐盒，流浪狗成群結隊在安全島上爭食踩壞花苗。於是，他下毒，從此花團錦簇。

我和妻討論如何救那一隻只剩下最後一口氣的流浪狗。妻說：就讓牠好好走吧；已經不可能救活了，即使勉強救活，在這樣敵意的環境下，可能明後天又會在某一個角落躺下。

那天，雨沒有停的意思。上班的途中，我想到有人遛狗讓狗到處大小便；我想到有些人把貓狗的情感當作廢棄物處理；我想到這個島上吃素念佛的人潮洶湧，而動物集中地每天有無數的生靈被處死。有些人因為寒流的到來，已經在覬覦流浪狗瘦弱的身軀。

我想到達達。牠的感覺細緻靈敏，揣測主人的心思動人心絃。但牠也差點變成流浪狗。原先的主人準備將牠丟棄，還好，適時被我哥哥的家人接養，如今輾轉來我們身邊，已經成了皈依的佛子。假如當時變成流浪狗，牠可能早已淒涼地離開人間。即使還在人間，每天也如身陷地獄，因為這是有情眾生的無情世界，雖然整個島嶼似乎都在唱頌著慈悲。

《人間福報．副刊》九十五年十二月二十三日

有意無意的灰色地帶

站在一望無際的平原上，向遠方眺望，總有朦朧一線，分不出天上人間。若是有飛鳥在邊緣翱翔，牠似乎在兩個世界穿梭。

朦朧的地帶，顯現視野的極限，與肉眼的殘缺。它為「欲窮千里目」增加了朦朧的可能，也為天上清明無依的境地，增加了似有似無的負擔。

自然景色如此，是無心的灰色地帶。景色的銜接，空間的交界，時間的咬痕，歷史的足跡，總有灰色在為當下的色彩妝點，總有色彩經由灰色無心的襯托。

晨起，湖邊的水氣，與陽光糾葛，留下不甘心的跡痕，灰色無心，卻似乎有意。春雨過後，山嵐為遠山掛了一個腰帶，是對山無心的獻禮，但配上腰帶的遠山，似乎成長了額外的高度。

但國畫山水來自於有意的美學構圖。群山所配的腰帶，是畫家體會到中斷與隔絕能讓山高聳入雲，俯視天地，正如文字語意的空隙觸發讀者的想像。想像在於中斷的銜接，在於空隙的填補。

有時人間悲喜，也在有意無意間遊走。人間有幸與不幸。無心之過，若能得到諒解，可能換來微笑的回饋。但無心之過，也可能釀成酸澀的心結，而佈下悲劇的陷阱。無心的眼神，可能是愛苗的滋養，也可能因而誤解的種子在心田生根。人間可能無處不是無心，有意避免無心，卻是無心變成他人心中的有意。導演拍一個街景，需要臨時演員。臨時演員臉上閃現出門是否鎖門的表情，呈現於畫面。但導演的無心之作，影評家的詮釋卻是，演員的「出神」狀態，是導演的神來之筆。讚賞令人歡喜，但當事人笑容卻有點尷尬，因為其中的因緣，來自於自己拍攝時的無心且無意。

有意製造灰色地帶，是人的專利。自然無以為之，動物也無以為之。由於有心無意，或是無心無意的界定，本身就是一種朦朧，有心人可以製造有意的事件，但看似無心。有意說溜了嘴，讓一個家庭平地起風波。有意的遲到，歸諸火車誤點，可以呈顯身分。有意的咳嗽，打斷一個美好的歌唱，看似無心。有意的打翻一杯咖啡，換取續杯的因緣。有意遺漏身邊的東西，似乎是一篇浪漫小說的伏筆；當然續集的第一句話總是，「啊，糟糕，我忘了。我過去拿。」

有意的製造灰色，可能讓人間增添許多色彩，增加許多眼淚與笑聲，且不論街道上淌血的事件是否意外，且不論國庫是否無心養了許多蛀蟲。

《人間福報・副刊》九十五年十二月三十日

溝渠人生

成長，大部分人起初都有江河之志。心志緣起高原，面對霜雪的冷冽，抬頭看山頭盤桓的蒼鷹，意念清明，直想往東奔向大海。但歷經高原黃土，江水開始混濁，河道曲折。有時，水流改道，陸地一片汪洋，洪水帶走生靈，也帶走原來既有的方向。

這些失去方向的水流，可能匯入地方溪澗，偏安鄉土；也可能湧進湖泊，成就一方；但也可能魂魄潰散，在溝渠裡苟延殘喘，了結一生。

從江河志向大海，到輾轉溝渠，可能是一生最齷齪沮喪的時刻。生存的環境，不僅涓滴無以接續，隨時可能乾涸，也可能異臭纏身，難以為繼。

試想溝渠裡的人生如何？有人撒尿，尿味模擬咖啡的餘香。有人吐痰，黏滯的噁心帶來腸胃的翻滾，也帶來季節的病菌。有人覬覦溝渠裡污染的泥鰍，因而在上游下毒。在溝渠裡流轉，必須面對鼠輩橫行，必須面對肆無忌憚咬齧的日子。

現實人生裡，流浪漢以報紙與油墨對抗寒風，心中閃現著當年夏日的餘溫。他在垃圾桶裡找到半塊牛排，雖然不確定牛排是否沾染愛滋病的口水，但面對流浪狗的虎視眈眈，且先忘掉疾病威嚇的身影。

一個獨居久病的老者，一個到處窩藏逃竄的通緝犯，一個患了憂鬱症即將自我棄絕的軀體，一顆在吸毒與戒毒間掙扎的心靈。這些都是在水流裡起伏的生命，而生命之泉即將乾涸，過著溝渠的人生，分秒掙扎。

溝渠的人生並非必然來自於經濟的貧瘠。權貴富豪也有在溝渠裡輾轉反側的時光，當一度炫耀珠寶的夫人，被檢舉訴訟，當自以為天衣無縫的權謀變成世界性的醜聞，當富可敵國的富豪的獨子，因為拒絕繼承遺產，而離開紅塵。

溝渠的人生，讓人懷念過往，若有機會東山再起，當會更珍惜當下。權貴只是瞬間須臾的幻影。珠寶的閃爍只存在於某個虛幻的角度，仔細觀照，原來江河日上的當時，早就有溝渠映照落日的餘暉。

再者，溝渠人生，是人與人生的第一線撞擊，有逼真的臨即感。江河以及奔湧入海的雄志，是一種意念，一種想像，一種還沒檢驗的抽象概念。貼近污穢的臭水溝，人逼視到蒼生的本貌，看到生命的脈動，感受到生活輪廓的凹凸感。在那一剎那，他體會到這就是人間。

《人間福報・副刊》九十六年一月六日

咖啡湯匙

喝咖啡，重點當然是咖啡，很少人想到是湯匙。但沒有湯匙，自由心證加咖啡，很難對味；美味全靠機緣，時好時壞，連帶對喝咖啡原來預設的感覺與享受，也漂浮不定。

生活的重心似乎也是如此。自以為重要的，放在心上，很少出差錯。但枝節經常疏忽，結果不是前功盡棄，就是百般折騰。郊遊準備豐富的餐食，飢腸轆轆時，打開餐盒卻發現少了筷子。買了一個價值不菲的器械，想讓老爺車脫胎換骨成保時捷，沒想到要裝時，卻少了不可或缺的墊片。因公出國不會忘記帶機票，但回來報銷，搜遍行囊，卻找不到登機證。

人事也如此。行政體系，主管為重，助理經常被當作是點綴。主管出大腦，助理出手出力像工具。但助理產假，主管才意識到那雙手才是大腦的化身，因為自己親自作業，礙手礙腳。關鍵是，沒有手的大腦，有時只是空洞的想像，遠離實務的基礎。

清晨喝咖啡本身，似乎也是以小博大。經常喝完兩大杯生機豆漿，吃完甜美的番薯，仍然渾渾噩噩，難以迎接耀眼的陽光。總要一杯咖啡召喚神經，才能面對一天瑣碎的行程。有一次因病住院，第二天，該有的病痛無事，卻是頭痛難挨。原來是當天醫院的早餐少了一杯咖啡。

喝咖啡用於提神，用於培養情緒，用於敍舊，讓往事在思緒裡延生枝節，花木扶疏。喝咖啡的畫面也經常用於房屋廣告。咖啡杯升騰的熱氣，引發讀者聯想餘香，進而對房屋的情境產生浪漫的幻想。廣告的畫面經常是桌面一杯咖啡，一個不食人間煙火的女子，以優雅的姿勢拿著咖啡湯匙，遙望虛空出神。

艾略特的句子：「我用咖啡湯匙量走我的一生」（**I have measured out my life with coffee spoons**），是讓人心神動容的詩句。試想，每天我們用湯匙量一匙咖啡，有一天咖啡罐子會被掏空。假如我們將咖啡罐子放在牆角，不要丟棄，然後每天重複咖啡湯匙的動作，經過一些時日，會發現整個牆角都堆滿咖啡罐子。我們訝異，我們驚奇。但我們照鏡子，眼角已經多了一些皺紋，人生十數寒暑已經潦草走過。文學能讓人動容，在於文字閃爍著生命的光影。我們怎能想到喝咖啡的同時，咖啡湯匙已經在計算我們的人間歲月。

《人間福報・副刊》九十六年一月十三日

鐮刀的輕聲細語

美國著名詩人佛勒斯特（Robert Frost）曾經寫了一首詩〈除草〉（mowing），印象最深的是詩結尾的句子：「我的大鐮刀輕聲細語，留下要製造的麥草」（My long scythe whispered and left the hay to make）。

初次讀這個詩句，感覺非常震撼。佛氏的語言一向極為自然，甚少造做玩弄文字遊戲，除了一些比較鬆散的詩作外，其動人的詩行，經常在平淡的語句中，散發極強的生命感。

鐮刀銳利的刀口講了什麼悄悄話？讓我們想像詩的情境。閉上眼睛，以心眼取代肉眼，我們會看到鐮刀揮動中，與麥草碰觸發出「沙沙」的低語。所有的「沙沙」實際上是「殺殺」。鐮刀左右擺盪的影子，必然有無數的麥草隨之倒下。輕聲細語是情的言語，可是這種言語卻是一種殺伐。

我們不必以這樣物象來詮釋人間的愛恨不分。有時行動本身無所謂是非，人意識的運作，卻使中性的表象沾染了色彩。假如佛勒斯特不用「輕聲細語」這樣的字眼，直接說「砍下」，整首詩外表的動作一樣，但不一樣的是，詩行少了矛盾的真實感，少了一種無可奈何，少了一種讓讀者左右為難的心境。有趣的是，讀者心中值得回味的，就是這種複雜糾葛的心境。

人生的情景值得回味，也經常是因為出入在好壞悲喜之間。笑聲經常閃現淚影，眼淚是破涕為笑的前奏。高大的身軀拖帶更大的陰影。獵鷹空中橫行，所有其他的鳥類驚恐避之，但牠卻是地面上獵槍最顯著的目標。

人生過往也經常如此。一段往事讓自己臉紅，當時恨不得鑽入地下遮羞，但沒有這段往事，今天的我們可能還在製造另一段類似臉紅的事件。羞紅的往事，猶如一面新牆隱含的縫隙。追溯既往，原來構築新居，雖然照設計圖施工，但再怎麼小心謹慎，總會有些牆壁必須重新挖開埋線，總是有些地方預留的孔隙失去應有的分寸，總有一些家具在搬運中弄來一些傷痕。這些都是對心情的撩撥，考驗我們是否有人間難得完美的體認。

但是佛勒斯特「鐮刀的輕聲細語」說的不只是這些。鐮刀除草，幾千年來天經地義。當一切被認為理所當然，文人尤其是詩人，卻在作品裡提出另類觀點，讓既定的邏輯，暴顯另有邏輯。這些另類邏輯讓我們驚覺另一種真，真的讓我們不願承認，因為我們自覺有安全感，是因為我們擁抱既有的定見，不願意和「真」迎面撞擊。詩人的言語弄亂一池春水，水面的漣漪顯映人事複雜的皺紋，這就是我們不得不逼視的人間。

《人間福報·副刊》九十六年一月二十日

披上人文的外衣

經常麻雀清晨過境，匆忙灑下的鳥糞。不顯眼，也沒有惡臭，但它附著在西裝上，頭頂上。清洗不難，卻是霉運的象徵，縈繞不去。

有時麻雀在枝頭上，在電線桿上，嘰嘰喳喳，也許是吞食毛蟲後過度興奮的言談，也許為人事的紛擾助興，但卻引來彈弓的回應。

不論是鳥糞，或是嘰嘰喳喳的言談，那是一種自然，一種自然消化的過程，是生靈成長的自然跡象，沒有善惡好壞的色彩，也沒有是非的意圖。但人的觀感，是鳥聲吵雜，會攪亂清晨的寧靜，鳥糞沾染霉氣，甚至引發禽流感的恐慌。自然總是以人事的得失，被詮釋成黑白。細菌因而有好壞，昆蟲因而被貼上標籤成為益蟲或是害蟲。

自然與人事的對應方式，也產生了科學與人文的差異。以生產的眼光看待，林木砍伐，是經濟成長的指標，是「明天會更好」的佐證，於是，一片東南亞與南美大叢林已將砍伐殆盡。人文的想法是，自然自有其存在的因緣，人的存在，不應大幅改變自然的樣貌，更不應該讓生長的環境產生突變。人文是生命的呵護與滋養；延續自己的生命，也延續他者的生命。

但如此的觀點，馬上陷入思維的拉扯與辯證。大約二十年前，家具大都是夾板貼原木皮，很少表皮與骨肉都是實木。近年來，南美、緬甸、印尼的柚木，大量砍伐，為的是讓人們雙腳踩在「原木」地板上，能讓自我漂浮，能讓所謂的品味在心靈投影成三百吋的影像。

假如，林木的砍伐與原木家具的生產，是以科學增長的數據為指標，反諷的是，喜歡原木家具的人，大都號稱是追求性靈的優雅人士。當我們觸摸原木的紋理，讚歎原木的質地，來呈顯我們的「氣質」與品味，我們實際上是瞬間人文的盲者。千年古木在電鋸的威嚇聲中倒地，綠色大地又多了一個瘡疤。

但我就是一個原木家具的愛好者，披上喜歡人文的外衣。真理只存在於言說，卻是自我行徑的暗諷。新居即將落成，放眼看去，整個牆面的「牛樟」與柚木書櫃散發虛榮的香味，裡面裝載的書冊多了一種異香。言語的道德教訓非常蒼白，說教行進的方向總是他者，很少想到會迂迴投射給自身。午夜夢迴，當一切神聖的言語化成各種形象，我們會流下心寒的冷汗，在那一剎那間，內心會閃現這樣一句話：以後再也不買原木家具了，但緊接著意識裡閃現這樣的英文句子：**I am going to stop putting things off starting tomorrow.**（從明天開始，我再也不會把事情拖到明天）。

《人間福報・副刊》九十六年一月二十七日

有工作，怎麼會辛苦？

新居即將落成，學校家裡兩頭忙。處理學校公文，心裡閃現新居還欠缺的總總。家當打包，不時想起緊急文件尚未處理。蠟燭兩頭燒，經常覺得精疲力盡。對於新居的期盼與興奮，也似乎寒流心坎過境，降低了應有的熱度。

回首新居一年來的施工，過去幾個月不時雨水突襲，前一陣子又附近埋水管停水，外牆抿石子作業延宕，只有等到週末公共工程停工才能進行。

但也許是上天的幽默感，週日都是乾爽的日子，到了週末天空開始飄雨。好似老天在撥弄後現代的遊戲，停水不能開工時天晴，能開工的時候，上天下雨致意。

到了星期天，太陽終於露臉。那天去工地，看著室內那些飛揚的木屑，那些尚待再次塗刷的牆壁，那些角落參差不齊的木料，那些缺了門的房間，那些少了燈具的屋頂，心想年節的腳步逼近，而新家的五官還在切磋整容。

想到這，有點心灰意冷。但突然一轉身看到工人們發亮微笑的臉龐，舉手投足都在為我們的新家注入心血，內心湧現一種莫名的感動。我對著一個面帶微笑的女工說，「辛苦你們了，讓你們犧牲了星期天的假期。」沒想到她的答覆是：「有工作，怎麼會辛苦？」

一句平凡的言語，卻是撼動人心的至理名言。一句話如水桶掉入深井，打撈意識裡的山水。圈圈的漣漪盡是思緒的潮水拍岸，自我的羞愧就是心靈裡的潮聲。想想自己高薪的工作，想想自己的兩份薪水。累或是疲倦一瞬間都在陽光下暴顯成知識分子的無病呻吟。

漣漪再次擴大到井外，牽動情思的大江大海。時值歲末，一個月來寒流持續過境，似乎要收納所有無家可歸的生靈。偶爾午夜醒來，腦海閃現那些躺臥地下道的遊民，還有那些在垃圾場旁邊毛髮即將掉盡的流浪狗。意識受到糾纏，睡意全消。輾轉反側而難於再進入夢境的，總是思維無法化解的困境：貫穿娑婆世界的是歲月長河裡永恆的涼意。

七、八年來，住家附近的幾條街的商店，經常幾天前和老闆寒暄，隔幾天已經大門深鎖。街上小販越來越多，但放眼看去，大都是以呆滯的眼神看著來往稀疏的過客。計程車也越來越多了，司機經常空著車子在角落裡猛吸著菸；

背景是一道牆，上面塗刷著潦草歪斜的文字：你需要臨時工嗎？

假如我就是沒有固定收入的工人，在一個有工作的日子，我能說累嗎？我能以「辛苦」將一週唯一可能的收入拒絕嗎？答案就在那刺眼的陽光裡，再也沒有涼意。

《人間福報．副刊》九十六年二月十日

家虛實的想像

從小大到，住所換了很多次，總是和一個地方道別，和另一個地方相識。空間沾染了時間添加的色彩。新家是一種期待，舊家是虛空中飄渺的虛線，向時間的深處做記憶的探索。

假如那條虛線藕斷絲連，除非是長久盼望的實現，理想的完成，否則新居的定位可能只是「住所」，而不一定是「家」。一旦以「住所」相待，生活實際性的考慮超越感覺的滋養。日子將在水龍頭冰涼的水流裡算計，缺乏令人心動的溫度。

但是舊家真的比新家更值得懷念？所謂懷念經不起分析。廁所馬桶經常漏水，屋角的油漆已經由白泛黃，牆角長出了縫隙窩藏了一整師的螞蟻，每逢雨季，承接屋頂漏水的鍋子叮叮咚咚。

漏水與鍋子的叮咚是生活的殘缺，卻在記憶裡增加了感覺的體溫。客觀分析似乎經常與感受分道揚鑣。個人感受，科學家可能定義為失真，而嗤之以鼻。精確必然是文明的表徵。朦朧的輪廓，含糊的數據，而美其名為想像，只是文人自我塗抹的粉妝。

想像被說成朦朧的代名詞，進而對想像有所鄙夷，文人應該有所自省。想像仍然要基於現實之真，創作流水行雲，卻需要文字的精確相伴相隨。所謂精確，在於行文的字裡行間，遣字措辭獨一無二，無可替代。因為有人生真確的投影，書寫力求文字的逼真感。

但逼真，不只是紀實報導。與逼真結合的想像，超越常理的認知，使讀者大開眼界，因為這是他常理邏輯從未有的體認。想像「爆竹把時光炸成剩山殘水」，「要多少肺活量才能吞吐滿街的塵埃？」裡暴顯的真實。真正的想像，既不朦朧，也不是精打細算的科學數據。

但當「爆竹把時光炸成剩山殘水」，過去的時光伴隨著「家」過去的氤氳，增添浪漫餘溫的想像，在記憶裡洶湧。那一面泛黃的牆壁，已經集結了成群的蜘蛛，在編織已成過去的歷史。屋簷的滴水，在溝渠的水流中閃爍著光影，視野沿著地面上螞蟻的走向，讓那棟時間刻蝕下的屋宇，在意識裡投影出圈圈的輪迴。

《人間福報．副刊》九十六年二月三日

被新屋所住

新屋的誘惑，可能是一個展望，可能是為不滿意的過去找到一個洗心革面的藉口。但有時新屋的產生是一個包裹虛榮，而美其名為「明天會更好」的修辭。

除非老家破舊不堪，除非颱風來時，都要躲進防空洞，颱風過後，猶如渡海走私來的魚蝦，還在客廳裡游泳，舊家被棄置是喜新厭舊習性的演練，正如每天小心翼翼侍奉先生與公婆，卻變成下堂妻的理由。真正的理由是嫌棄歲月在對方五官上刻畫的痕跡，卻說不出口。

而過去一路搖晃走來，甚少人承認地上坑洞是自己的雙腳的印記。蠟燭的燃燒是自己的耗費，而總有一個理由歸諸沒有電力，沒有燈泡。但未來將會大放光明，好似蠟燭融化後，自然有一個發電廠為自己的前程提供電力，就在新家裡。

如此的虛榮，需要昂貴的代價。最近搬新家，看到搬家公司的幾個大漢，搬了兩天各六、七個小時，每次下班時，幾乎都攤在地上，為的是過往二十多年來陸陸續續往家裡堆的各種形狀的石製豬槽，大小不一的石磨，兩千多張的黑膠唱片，還有裝滿兩面牆的書。這些豬槽、唱片、書都曾經給自己添加一些心虛的圖騰——一個懷舊的文化工作者，一個累積知識成智慧的學者詩人等等。

讓搬家的人累垮，更凸顯自己慧眼識英雄，找到一個「搬家費」不貴的公司。所以「物超所值」是建立在一個蹺蹺板往自己傾斜的條件上。更令自己心驚的是，這樣的認知，在和朋友轉述時堆滿了得意的笑容。當夕陽在天邊垂懸，搬家公司的人手腳發軟的收拾殘局，心中湧現的是，終於完成了新居的美夢，終於讓搬家費點滴都沒有「浪費」，成就了古有明訓節儉的美德。

但是讓人累垮，自己也幾乎「捨命」陪君子。從物件的過濾打包，貴重音響器材如播放黑膠唱片的「骨董」唱盤，自己運送。每一個動作的細節都在提醒自己已經「時不我予」。也許感覺搬家費的「物超所值」是這樣心態下的反平衡。

搬家之後，才是動亂的開始。原來舊家有如塵埃不願招惹的明鏡，眼前好似經過一場動亂，被心中的紅衛兵抄過家。更糟糕的是，平常熟悉的東西，全部躲防空演習去了。過去發出美聲重達百多斤的揚聲器，少了下面支撐的釘子，房子已經完工要付尾款，卻找不到對方的合約與帳號，自己銀行的存款簿也不知雲遊何方。

這一次搬家讓《金剛經》的「應無所住而生其心」，有了權充一笑的新詮釋：我不應該有住新家的心，因為結果是心被新屋所住。

《人間福報．副刊》九十六年二月二十四日

過年

過年的時候
你在幾千里外磨牙？
那是歲月嘰嘰喳喳的聲音？
到了這個年齡
牙根已穩固
別離的滋味也經得起咀嚼

你嘗到什麼特別的味道嗎
桌上沒有魚肉
可能有一些粉絲和豆乾加菜
你是否仍然以五穀米

計算吃素的日子?
最渴望的一道菜
是餐桌旁邊的電話
喂,你的聲音有特別的風味
我的喉嚨被你嗆住了

這首〈過年〉是八十六年春節在洛杉磯寫的,在《聯合報・副刊》發表,並在我的第八本詩集《失樂園》結集。回首看這一首詩,當然有很多的心靈的風景,穿越時空在腦海展示。記憶像一條從昏睡中醒來晨鳥,在四周尋找過往片段的小蟲,而小蟲的騷動,也必然牽引記憶的波瀾。

以作者回顧這些文字,每一個意象似乎都是一張照片,但照片的集錦,對讀者有多少意義?反過來說,意象也不盡然是過往事件真確的投影。它可能是文字激盪文字的產物。字裡行間,虛實相濟,詩無意說謊,但是讀詩不是真實事件的還原。

不過,蟲鳥仍然在啄食那些寫詩的情境,因為往日已經不再。那年教授休假，在聖地牙哥研究講學。過年時，妻在遠方的小島。我們吃素是真，但所謂磨牙，則是虛構，應和詩境的推力，應和一個以形而下的「吃」顯現形而上的「想念」。所有的意象兩邊呼應，以貫穿全詩的「吃」，貫穿「想念」。因此，文字如「咀嚼」可能一語雙關。詩裡偶爾夾雜苦澀的笑聲，別離的滋味經得起咀嚼，是因為「經不起」而自我安慰。詩中人的喉嚨被對方的語音嗆住了，是一種難受的哽咽，這又是另一個虛構。

又是過年了，不知為何以上的文字湧現？是因為文字的虛構裡，隱含一種非意識的真實？還是因為已經過往，即使虛構，增添年歲的「我」希望那也是真實？想念的「我」已經回到這個小島了，當年「想念」之苦澀，在想念「當年」中變成甘甜。但，難道如此的措辭希望又一次的別離？非也。蒼生思緒的複雜，是詩存在的理由。當一段語音因為書寫而空間化，時間的流程，匯聚了眾聲交響。在聲音與雜音的揉雜中，在鞭炮聲宣揚的結束與開始中，〈過年〉這首詩又過了一年。

《人間福報・副刊》九十六年二月十七日

紅綠燈的心情

每日駐守街角十字路口，送往迎來一波波人潮，總是春花秋葉之後，換一批臉孔，換一些新的服飾，換一些喜怒哀樂的方式。

曾經鏽蝕過，因而曾經換上新的裝束，為一個趾高氣昂的政客照亮前途。也曾經接受番茄與蛋的洗禮，在一場喧囂之後。偶爾會有一條僵硬的鐵線將我和一面造型奇怪的旗幟綁在一起。旗幟之後是另外的旗幟，每天座落街頭，看到的是旗幟交接的歷史。

旗幟交接的過程中，我是應該閃亮綠燈還是紅燈呢？現場沒有意外事件，但是，遠方起落的新聞，有人在飄揚的旗幟下將生命交給燃燒的木炭，有人在高樓頂端衡量落日與自己的身影，有人因為失業全家在污水裡浮沉，有人在國庫裡養了一隻隻肥胖的蛀蟲。

偶爾有血淋淋的事件，點滴爭奪報紙的版面。曾經看到一個破碎的反光鏡裡一對散裝的瞳孔，還在遙望飛揚的鴿子。一隻手臂還在牽動自行車自轉的輪胎。一雙步履還未忘記涉足過的河水。一顆頭顱還在冥想明日翻山越嶺的造型。

當暮色來臨，取代鐘聲的電鈴解放工廠的人潮，那些湧現的臉孔帶著時代的心情塗寫暮色。晚風不曾缺席，只是多了一些燥熱的汗水。明天在掩蓋河川的水泥板上書寫成突兀的想像。有人在牆角塗鴉，一個政客的臉孔多了一個乜斜的眼球。這時，一個巨大的電視牆迎風冒出兩片塗滿胭脂的嘴唇：各位觀眾，晚安。

黃昏是一首色彩過濃的輓歌。天邊的色彩是黑暗的前奏。燒臘店的口味傳遍幾個巷口。快速節奏的電視節目迅速變換臉孔。聲色俱厲的言詞點燃日子的煙硝。吟唱的歌曲盡是掏空的言語，引發交通警察錯亂的手勢。

夜晚的空中，星星早已缺席。一個哼著流行歌曲的大學生，沿著電線的走向，去回味白天浪漫的餘溫。一個以高跟鞋敲響街道的女子突然在我的身上嘔吐，陣陣的異味引來一群流浪狗。一個醉漢沿著街道各個窗口尋找迷失的昨日。音樂的源頭，似乎在四處闖起濃煙中交響。過去，如水花花的水銀燈，未來，如記憶裡的風鈴。現在，則是滿身歷史的騷味。

接著，一個流浪漢拉開褲襠在我身上撒一泡尿。這時，我要閃亮的，是綠燈，還是紅燈？

《人間福報．副刊》九十六年三月三日

浪頭上的浪花

一位詩人來函感慨文壇裡一些興風作浪的角色，總是媒體的寵兒，而一些有實質內涵的作者經常被漠視。這是一個反淘汰的時代。

詩壇上，有幾位詩人以「喊詩」「叫詩」的朗誦方式，來吸引媒體的探照燈。「詩秀」似乎比「詩質」重要。這是臺灣文壇的媒體性格，也是島國的性格。什麼樣的讀者選擇什麼樣的詩人，正如什麼樣的人民選出什麼樣的總統。兩者平行對應，頗有天理。

什麼時候人們已經忘記詩是沉默的語言?詩是在言語過後，所留下的沉默。沉默是想像的空間，是語音迴盪後的尾音。一首詩是閱讀與朗誦後才真正開始。詩與歌最大的差別，在於歌是一聽就懂，沒有時間的落差；而詩是閱讀或是朗誦過後，經由時間的落差，讀者才深層體認到其中的情境。

不僅是詩，文學的可貴正如海水裡潛藏的深沉。表面蔚藍的顏色裡蘊含生命的脈流，各種海底生物穿梭其間，在陽光下顯現琉璃的光影。陽光之下，陰暗的海域湧動另一種生命。這些不是海面表象的水流與顏色所能映現。

吞吐如此海域的一切，不是花枝招展的浪花，雖然後者可能是海邊觀光客視覺的焦點。有時風起雲湧，大海延生許多浪頭，聲勢凌人。但深入海底，水流仍然以和煦的言語撫慰穿流其間的生命。也許浪頭正在擺出眩人眼光的姿態，海的底層卻是靜靜流過千古，持續生命的運轉。

浪頭的詩人也如是。有些人以爭奇鬥豔的文字製造文字的浪花，吸引迷於聲色的眼睛。有些人以文字與形式的遊戲包裝欠缺的想像。站在浪頭上，他知道風的去向，知道時代流行的趣味，知道以浪花與聽眾的眼淚相似的屬性，知道一個煽情的紙上風雲能搔動雞皮疙瘩。

但是聲勢過後，浪頭必然往下俯衝，終點是岸邊消散的泡沫，在岩石的縫隙裡躲躲藏藏。浪花是一朵瞬間水氣盛開的幻影。浪花的湧動似乎帶動一個時代的風尚，實際上是風尚吹拂的裙帶。飽滿是因為風的鼓動，遙遙呼應上飄的氣球。但也和氣球一樣，將在遠眺之後墜落。

但是也許上升是為了墜落，開花已經預先感知花的凋萎。不問永恆為何，因為永恆本來就是一個假象；只問舞臺的探照燈是否在自己身上聚光，雖然聚光之後，是燈的失焦，之後可能是黑暗。

但海底部的水流默默地流著，流過時間，收納所有的浪花。

《人間福報·副刊》九十六年三月十日

介入與抽離

許多人以激情抒發情感，以熱度的顯現，當作是否真摯的檢驗。某方面說來，這樣的體現，可以展現人性的興揚。喜悅與熱情如盛開的花朵，令人如沐春風。人與人之間，很容易打破既有的藩籬，很快相互交心。

但有時激情與熱度卻是情感欠缺的遮掩。那似乎是一種姿態，在其炙熱的燃燒下，讓人看不到其內心詭譎的深處。

世事似乎總是兩者的交織，在介入與抽離之間。盛情洋溢的外表與內涵是否一致？過度興揚是否有一條陰沉的底流？激情可能是情緒全然的釋放，是一種抒解；也可能是不能為人道的情感的一種迂迴。

文字的激情，尤其是文學的禁忌。文學並不是要刻意壓抑感情，但文學不是宣洩情緒，這是出殯行列職業哭女的專業。動人的詩行，不在於其煽情或是濫情，而是以其隱約雋永的情感撩動人心，激發想像與思維，而感受人生的正色凜然。

因為不是激情，作品顯現了深情的底蘊。因為不強調瞬間的熱度，而有持久的餘溫。情緒的制約，事實上展現了情感的存有。激情有時可能是一種造作，制約可能顯現智性的成熟。但制約的表現，也並非為了標籤式的「成熟」，一切不是刻意為之。

因此介入與抽離也變成連體嬰。激情飛揚的瞬間，馬上同時閃現一個欲將其冷卻的瞬間。三月九日至十一日，大陸北京師範大學珠海分校與首都師範大學合辦「兩岸中生代詩學高層國際論壇與簡政珍作品研討會」，參加者涵蓋了八十多位海內外代表性的詩人與詩論家。大陸謝冕、屠岸、吳思敬、呂進、陳仲義、沈奇、章亞昕、姜耕玉等約七十幾人，臺灣有向明、白靈、汪啟疆、翁文嫻等六人，另外鄭慧如與陳大為雖然沒有參加，也提供論文。會議總共收到四十一篇論文，討論我詩作的論文約二十篇，占一半，但總字數約占三分之二，是研討會的主體。

照理講，自己的詩作能在國際研討會被討論，應該感到興奮。但是興奮感卻伴隨著一切即將消逝的茫然。在研討會的結語裡，我說：「日子越靠近研討會，越感到勞師動眾的歉疚。也許我在當下累積榮耀的瞬間，也看到瞬間即將不在。但為了這個瞬間，多少人疲憊地飄洋過海，多少人忙碌得難以成眠，……」。興奮的介入，緊接著是抽離，感受人情的虧欠與不安。而這些，瞬間過後，也勢必難以弭平，以換回原有心情的平靜。我的人生與作品，有多少介入與抽離的辯證？

《人間福報．副刊》九十五年十一月二十五日

營造心情

假如讓心識自由遊走，或許有兩種結果。可能是放逸，在落日的餘暉之外。可能是情緒的自瀆，不是顧影自憐如水仙，就是自我膨脹如空中斷線的氣球。前者整天與水為鄰，眷顧倒影，不能邁開另一個腳步。後者在空氣中漂浮，破裂與墜落是必然的結局。

心情需要營造，主要是情緒經常擺盪。情緒有時是在悲喜的邊緣徘徊。因為徘徊，他者適度的牽引，可以從一個境界跨到另一個境界。沒有他者，自我心緒的培養與營造，能化悲為喜。一切均在一念之間。

成長也可以視為心情營造的過程。成熟不一定是思想臻致於智者或是成為聖人。但緊要關頭營造心情，大者能避免禍從口出，小者能讓自己不被眼前的情境所埋葬。

現代的流行術語「情緒管理」，和營造心情異曲同工。情緒管理似乎更仰賴現代的管理科學。把人的情緒當作流通的商品處理，才有銷路。所謂銷路，是自我品牌的建立，能讓抱持的理念因而暢銷無阻。

不論營造或是管理，都意味「我」不是獨立於「他者」之外。二十世紀的現象學哲學家將「我」定位與「他者」的融通體現之中。海德格將人的存有命名為「在世界中的存有」（**Being-in-the-world**），世界是個人生存必然的情境。梅盧龐第（**Merleau-Ponty**）說只有經由世界才能呈顯自我。成長，也意味漸漸體認他者的存在，進而去掉「我執」。

現象學部分的內涵極像佛理，在西方強調「主體性」的傳統裡，是個異數。營造心情還不是哲學與宗教的境界。那只是個人心情的調適，儘量讓人不必陷入情緒的泥沼。事實上，去掉「我執」並不意味「主體性」的消失，也不意味變成鄉愿，沒有是非，一切不置可否。任何佛書或出家師父都會告訴我們，沒有我執，反而一切了了分明。

我個人只能說學習條理心境，學習不要自我中心，離去除我執的境界，還差十萬八千里。我還是以小我作出發點，營造心情，讓自己享用當下。我告訴自己以兩種鏡頭看待人生。快樂的事，用放大鏡，展延眼前時光與感覺。不快樂的事，用難以聚焦的望遠鏡，一切朦朧視之。其實，人世本是遠山繚繞的雲霧，離散聚合須臾間。

《人間福報・副刊》九十六年三月二十四日

說教與慈悲

從小我們就在「說教」的環境中成長。回憶小學初中的階段，印象最深的，可能是學校的校長與訓導主任。不是因為這些人給我們留下哪些刻骨銘心的事蹟，而是他們的「說教」。也並不是「說教」的內涵啟發了我們的人生，而是那些一再累積的話語，朦朧深入人心的記憶與夢魘。

青少年的知識與是非辨識力有限，為其「說教」，釐清黑白，有其正面性的意義。但是「說教」的氛圍，似乎陪伴很多人的一生。有人為了追求這樣的氛圍，到處聆聽演講。並不是那些演講提供了發人深省的洞見，因為那些見解，在報紙雜誌書籍裡隨處可見。聆聽是為了讓自己被說教，讓自己有些迷幻式的安全感，因為那些言語潛意識裡喚起童年，喚起那些訓導主任耳提面命的時光。成長後的父母，必要時也對小孩說教，而這些說教的內容，需要從「被說教」裡得到加持。

於是，我們許多的文藝作品充滿了說教的酸腐味。詩要暢銷先要求主題明顯，因為大部分的讀者，除了藉詩撩撥情愛的幻想外，還要追尋道德教訓。小品文最暢銷，因為其中是作者「人生教訓」的現身說法。「如何教導小孩」，「如何管理公司家庭」、「如何服侍老闆小老婆」等等的作品充滿書市。所謂「如何」就是散發說教的意圖，而讀者也如流浪動物聞到「說教」的肉包子，趨之若鶩。在臺灣，許多所謂文學大師，原來是童年訓導主任的化身。

其實，有時說教的內容，正反映說教者的欠缺。當然說教者擺出的是一身聖賢的姿態，以及滿口「開示」的口吻。好似「說」出欠缺「教導」別人後，自己的缺憾就已經得到填補。

因此，我們慈悲的言語充斥，慈悲的舉止卻經常是標籤式的複製。筆者吃素十多年後才皈依，但皈依後與某個宗教團體漸行漸遠。所謂慈悲，經常是說教與口頭禪。要你參加聚會，要你參加助念，要你常唸阿彌陀佛，要你打坐去除雜念。也許救助周遭奄奄一息的流浪動物，也被視為是雜念，否則當社會將這些生靈作為廢棄物處理時，這些「修行人」的慈悲在哪裡？

教育也如此。宣揚愛的教育的大學，每個月都會找人抓校園的流浪狗讓政府處死。流浪狗被捕捉的現場，上面飄揚著「卓越教學計劃」愛心的圖騰。從小學到大學，我們靠著說教式的愛心與慈悲長大。在這樣的情境下，我們怎能怨嘆會選出滿口打倒黑金卻掏空國庫的超級政客？

《人間福報・副刊》九十六年三月三十一日

我的夢
——殘疾人士的藝術天地（之一）

擁有有時反而造成欠缺，欠缺反而因而擁有。最近看到一張《千手觀音》副標題為「我的夢（My Dream）」的DVD，在觀賞的過程中，經常湧起情緒的波瀾。激發情緒不是因為演出濫情，而是演出者承擔人間的苦難，卻能微笑自如，看穿歡樂悲苦虛幻的本質，而讓觀賞者的自我引發無上的羞愧。

這是一張呈現「中國（大陸）殘疾人藝術團」精采演出的DVD。這個團體行遍世界，喚醒了多少沉睡的靈魂？藝術精湛的展現不容置疑，但夾雜其中的是一個音符、一個姿勢、一個手勢的血汗歷程。

智力IQ只有30的舟舟，在四月一日愚人節誕生，似乎就要面對命運戲謔的玩笑。沒有進過學校，當然不會看譜讀譜，卻因而利用耳濡目染的生活情境，在一個額外的機緣，試著指揮比才的《卡門》，而從此站上大陸與世界著名的指揮舞臺。音感的靈敏與準確，「常人」夢昧難求，卻是上天對舟舟音樂專注的賜與。看到舞臺上西方交響樂團在他手上發出的樂音，有如另一首賺人眼淚的無聲曲調正隨著眼前演奏的曲目，鼓盪觀眾的情緒。舟舟的每一個手勢都在證實常人評斷智能的方式，原來如此的粗糙與殘缺。

五歲時電擊讓黃陽光失去雙手，但他學會挑水、鏟土、騎腳踏車、游泳。他能用雙腳穿針引線縫衣服，編織小巧的籐器在市場販賣。舞臺上肩膀上的扁擔，像一條磁鐵，隨著身軀快速的旋轉總不會脱落。舞蹈隨著音樂神奇進行，觀眾的內心想必一再闖出這樣的問題：即使用雙手，我能如此靈巧的擺弄這枝扁擔以及那枝盛水的水瓢嗎？更令人感嘆的是，沒有雙手的黃陽光，臉孔映現的真是名副其實的陽光，對照我們四肢健全的人臉孔的陰霾。

演奏的時候，一把胡琴比患了軟骨症的王雪峰還要高。但他演奏的〈二泉映月〉、〈賽馬〉，精神座落的位置是觀眾必須仰望的高度。〈二泉映月〉旋律悽愴且悠遠，自然讓人想起作曲者「盲人阿炳」。時間距離的兩端坐著兩個身體殘缺的巨人，一個以創作的音符對著黑暗訴説人間，一個以變形縮小的身軀陳述人無限的潛能。當我們看到〈賽馬〉裡王雪峰靈巧的跳弓與拉彈並用的艱深技巧時，我們怎能不追問是否放縱自我過了這一生。筆者也自學拉二胡自娛，〈賽馬〉這一段是我的夢魘，王雪峰的演奏，幾乎可以斷定是這一生我無法完成的「夢」。

原來，所謂「我的夢」其實是一面讓「正常人」映照的鏡子，所有「殘障」者在舞臺上的動作，演練的是「殘而不障」，真正的殘障是觀眾，因為渾渾噩噩的日子裡，那樣的人生態度與藝術成就永遠是我們的白日夢。

《人間福報・副刊》九十六年四月七日

心靈的和絃

——殘疾人士的藝術天地（之二）

身體殘缺，演奏、舞蹈的展現，獨奏者是自我與音樂的對位與對話。仔細聆聽，身心專注，藝術的姿態是「我」和「你」的關係，「我」是表演者，「你」是伴奏或是要演奏的曲調。在「中國（大陸）殘疾人藝術團」的演出裡，聽障的邰麗華的〈雀之靈〉，身心幾乎是孔雀的化身，「我」和「你」經由舞蹈已經合為一體。眼睛全盲的孫岩，兩手在鋼琴上飛奔，演奏李斯特的〈第六號匈牙利狂想曲〉，因為看不見，琴鍵的位置反而歷歷在目，因為心靈的「你」在為「我」定位發聲。

若是「殘障者」群舞或是合奏，則除了你我之外，還有「他」。「我」不僅要和「你」對話，還要配合「他」的韻律與節奏，又增加了另一層次的難度。

《千手觀音》這張DVD裡面有三段團體表演，令人震驚難忘。〈黃土黃〉是數十男女的群舞，這些舞者患有聽障，從來沒有到過黃土高原。但他們要表現數千年來這塊孕育、滋養中華民族血脈的溫床。為了這個舞蹈，他們跋涉千里到這塊土地上翻爬，親吻泥土的芳香。舞臺上，肢體的動作是炎黃子孫活生生的再現，呈現的不只是肢體，而是心靈的和絃。舞者的表情，似乎將世代傳承裡的苦澀，隱隱淡化，留下一張張笑容，暗喻了血脈相傳的毅力。親吻土地的動作，不必然是刻意的象徵，而是生命具像的縮影。音樂轟轟烈烈，舞者聽來雖然無聲，肢體的演出卻讓天地轟隆作響。

〈生命之翼〉是五位全部缺了右腿的大男孩所展開的「飛翔」。他們參加日本舉辦的舞蹈大賽，擊敗所有肢體健全的舞者，而獲得第一名。舞臺上，他們手上的柺杖，似乎是他們殘缺的圖騰，但舉手投足之間，觀眾發現，柺杖不是為了支撐肢體，而是要讓身體飛躍騰空。以行走的基本動作要求，這些柺杖似有似無。生命如此反諷。因為少了右腿，他們長出了常人夢寐以求的翅膀。當然，他們「飛翔的」舞蹈，不僅是肢體拔高的距離，更值得審視的是，心靈透過五者同心，飛越山谷，直逼蒼穹。

這張DVD標題節目〈千手觀音〉是整體演出的焦點。它分別凝聚了十二位（第一場）、二十位聽覺障礙的年輕女子，透過觀音無聲的慈悲，展現細膩動人的舞姿。時而分，時而合，好似這就是佛經裡「千手觀音」的現身說法。心靈的和絃牽動舞者大同小異的動作，製造法理和諧的韻律。慈悲不是抽象用語，更非說教，而是身心一致的專注，專注這個風風雨雨的人間。舞者最大的慈悲，是讓觀者恍惚間看到菩薩以法力讓舞者的殘缺，展現讓人啞口無言的神奇，而反身自照，愧對自己蹉跎歲月的每一個當下。原來，要救助苦厄，必先展現潛能善待自我，那就是一種永住虛空的慈悲。

《人間福報・副刊》九十六年四月十四日

風聲與風暴

春雨逐將過去，風中帶來的溫度逐漸升高，溽暑的訊息翻越濕度滋養過的山頭，隨坡度而降，接著可能是太平洋例行的風暴。

風暴的前夕，全島將進入警戒狀態。有人爬上屋頂固定鐵皮，有人在牆壁填補縫隙，有人準備迎接污水到臥房小住，有人準備讓摩托車到客廳的茶几上歇息。這是歷年來季節性的演練，無視政客是否換了旗幟。

假如不幸，鐵皮屋被掀開，家人隨波逐流後，只要生命還能點滴存續，不日又將綿綿流轉，以韌性面對日月以及來年的另一次風暴。假如幸運，應來的訪客未能在臥房出現，空間將多了一份額外的喜氣，算是上天的賜禮；茶几上的摩托車停歇的姿容，是數位相機捕捉的後現代構圖，為當代藝術提供小小的篇幅。不論風暴是否來臨，心湖波動的是日影閃耀的漣漪。

但是我們幾乎無力面對沒有形體的風聲。我們想辦法要探詢風如鬼影的跡痕，我們嘗試從傳說中抓到風的把柄。我們果決迎向風暴，雖然結局可能是悲劇。但我們卻為忽東忽西的身影搖擺不定，雖然風聲所牽動的無所謂悲劇或是喜劇。

人事的風雨也如此。身居要津者，捲入政治風暴，有些戀眷權位，對於周遭的騷動，無動於衷；有些知所進退，因為看穿了人事操弄的氣候。前者裝聾作啞，風暴必然聽來無聲無息，不久，也即將船過水無痕，最後依然陽光撫面，且博得「屹立不搖」的美名。後者，選擇的是面對自己，不時看到一面鏡子映照自己五顏六色的表情與行徑。但歷史是以成敗論英雄的凹凸鏡，去位離職可能被詮釋成風暴席捲的一片落葉。前者，因為勇於面對歷史扭曲的評價，可以出賣自己；後者，因為要真誠面對自己，經常被歷史歪曲的評價出賣。

從溫度怪異的政治風景回到常人的生活空間，面對可能的風暴，有時反而能沉靜應對。很多人在風暴中航行，轉眼已過萬重山，但面對無所不在的風聲，則不時陷入那些小小的漩渦，不能自已。進一步說，不論是對得起他人，或是對得起自己，一般人大都能以「我」坦然面對風暴，但一旦有點風聲，除了隨風起舞外，捕風捉影的習性讓自己撩撥心思；左思右想，隨時都在那些漩渦裡輪迴。風聲是煩惱的代言人。

一個人被健康檢驗報告宣判死刑，卻能平靜安慰家人，巨細靡遺規劃財產的歸屬，仔細叮嚀部屬繼續未完成的使命。不僅如此，胃口大開，多年來的失眠自然痊癒，整天以笑容等待死亡的召喚。奇蹟的是，進一步檢查證明原先的檢驗是誤判，原來分配好財產的當事人開始風言風語，原來交代要繼續的使命，從此在檔案櫃裡永無天日。於是，他又開始失眠，在失眠中回味當時的風暴。

《人間福報．副刊》九十六年四月二十一日

風潮與風的舞姿

在這個島國，成長的過程，一再被教育要趕上潮流。跟不上潮流，意味即將被淘汰。所以大學老師要教材上網，校園要e化，要遠距教學等等。資訊如同洶湧的潮水，卻不論潮水的終點是撞擊岩石後四散的水花，也不論潮水的漩渦捲入多少心靈。

於是，假如教師正經面對行政命令的話，教英美文學的老師，要將莎士比亞的三十六個劇本「教材上網」，要將梅爾維爾的《白鯨記》上網，要將喬艾思七百多頁《尤里西斯》上網。當然，賈寶玉要在網路上才能做紅樓夢，張生要翻越網路的圍牆才能演出《西廂記》。

文學鉅著上網，意味一個一個字輸入，或是整本書掃瞄後再輸入，而成為吞食幾十個mega的檔案怪獸。有人試圖變通，在「e化校園」裡寫下《尤里西斯》或是《紅樓夢》的書名，再附上紙本的出版資料，但馬上收到當局的「哀的美敦書」(ultimatum),因為他的「教材上網」,被認定只是「課程大綱」。

教育界諸公不相信紙張能書寫知識與智慧。在高山上面對雲的飄揚,風的耳語,經由紙張與古人心神交會的情境,被認為是一種幻象。在河邊海邊以潮聲相伴,詩詞的湧現,可能被視為是文人白日的夢遊。被鼓動的風潮一再演說:必須打開電腦,接受強烈電磁波的輻射,才能進入學識的殿堂,才能品嘗知識的芬芳。紙本的閱讀與書寫被判定是冬烘彌留的囈語。

這一切都是風潮,是風聲不斷理直氣壯的累積後,所造成的聲勢。風潮以聲勢打扮成真理。聲色俱厲的政客被認為是有魄力,溫文儒雅以他人的立場設想,則在島國的風潮下被詮釋成無能。掏空國庫者無罪,十幾年的薪資全額捐出,卻因為小額數字報銷程序的瑕疵,被認定是貪污。當下島國的風潮顧名思義,是以風勢與潮水構築是非顛倒的真理。

因此,當下的時空,成熟意味拒絕流行,拒絕捲入風潮。當數萬人為了眼前舞臺上歇斯底里的演出而瘋狂時,當幾乎所有的島民為了一個年薪數十億的影歌星或是運動明星而神魂顛倒時,有些人拿著書本(當然是紙本)臨窗閱讀想像,與古人遨遊,與詩人與哲人作心靈的對話。當無數人為新的流行款式在賣場推擠,而死於非命,有人在偏遠的山頭,救助奄奄一息的流浪狗。當芸芸眾生流行在冷氣房裡高談闊論名人的隱私，有人觀想臭氧層，想到娑婆世界燥熱淒冷的未來。當世人為風潮前仆後繼，有人從瓶口看到風亙古以來從容的舞姿。

《人間福報・副刊》九十六年四月二十八日

路的盡頭

路的盡頭，引人遐想。對於疲憊的旅人，可能有一張笑臉在一間冒著炊煙的屋子前面等待，也可能是這一條山路，已崩塌成斷崖。前者意味，竟日流下的汗水得以清洗，身體的勞累，得以休憩，以便展望明天。後者意味前路不通，必須與黑夜的星光為伍，折返到另一個岔路，以便遠眺另一個路的盡頭。

這是以前旅人經常敍述的情節。遠遊總是伴隨著未知與朦朧的運氣。在這個島國，現代人大都自行開車，且有地圖相伴；路的盡頭，不再那麼神祕。也許風景全然陌生，但除非地震或是土石流隨機造訪，走到盡頭只是印證對景物的想像，人間少了一些必須折返的驚訝，也少了一份風景超乎想像之美的驚嘆。

人生的旅程也如此。對於未來，有人抱著從已知探索未知。生命的過程充滿各種驚嘆號。有人在連串的驚嘆裡，驚嘆已經過了一生。而驚嘆之後，似乎永遠看不到句點。但誰願意自己的生命劃下句點，那就是路的盡頭，雖然年華老去，驚嘆號也早已不在，已經化為虛虛實實的點點。日子就是這些點的重複。

有人希望未來就是永遠的現在。當然，那是因為當下的生活已經殷實飽滿。但印證現實人生，再好的生活也經不起重複。事實上，人生最大的悲劇，在於明天永遠是今天的重複，不論是億萬富豪，不論是被判無期徒刑的囚犯。

一個教書二十年如一日的老師，若是心情疲累，不盡然是因為教材的重複。同樣的教材，面對不同的臉孔，仍然可能佈滿驚奇，因為語言隨著對話者產生想像的空隙。真正悲哀的是，以同樣的教材照本宣科，一個字一個字原封不動地唸下去。他的悲哀，在於如盲者，無視聽者的眼神；他的悲哀，在於如聾者，對於聽者的冷嘲熱諷，罔無聽聞。更大的悲哀是，當下與未來，不論情感與思維，已經沒有任何生機。他必須藉由點點滴滴的重複，幻想往日還有些微的生命跡痕。

但是有人在強烈感受到生命的脈動時，已經接近了人生的終點，路的盡頭。根據捷克作家昆德拉《生命不可承受之輕》改編的電影《布拉格之春》，處處動人。結尾尤其令人難忘。電影最後一景男主角開著卡車，女主角坐在旁邊。他們在遠方的小旅館過了甜蜜的一夜，現在要回家。清晨有雨，路上有霧。車在水氣中隨著鄉間小路蜿蜒前進。兩人面帶甜蜜的笑容。女主角問男主角：「你現在心裡想什麼？」男主角說：「我在想我好幸福。」（I am thinking how happy I am）。接著車子繼續前進，看不到盡頭，接著影幕全黑，電影結束。電影並沒有呈現煞車失靈的車禍景象，但觀眾已經知道結局，因為先前他們遠在美國的朋友已經收到有關他們死亡的信件。也許觀眾為了他們的死難過不捨，感受幸福的瞬間卻是人生的終點，是個悲劇；但是，對於他們來說，是在感受幸福中結束，算是心靈的歸宿。人生的現象，有如路上飄渺的雲霧，悲劇與喜劇的定義幾乎難有界線，也沒有盡頭。

《人間福報．副刊》九十六年五月五日

人與自然

要多少風雨才能讓人感受到人世的風暴？人世的風暴造就了多少自然的風雨？

人來自自然，卻常以自然的主人自居。文明發展的過程，可視為人與自然「主體性」的演變。越所謂文明，人操控自然的痕跡也越明顯。

自古人類都有觀照天象、聆聽雷電、傾聽風雨，而為人找到安身立命的憑藉。印地安人在時間的長河裡，「見證」了「地球人」在大地上的各種姿態。人為了求生存，必然有求於自然，但動物的殺戮，植物的砍伐，都在配合時序的韻律，進行主客體的互動與辯證。這些智慧，於今卻經常被視為迷信或落伍。

在人與自然的關係上，所謂新知識，卻是讓大自然留下傷痕的策略與行徑。在號稱現代文明的二十、二十一世紀，自然界每十年的變化，可能遠超乎過去一千年的變化。日子離我們越近，變化的幅度越激烈。而所謂「變化」，其實是一種遮掩的修辭，真正的含義是自然肌膚的傷痕累累，與生機的斷續存危。

曾幾何時，童年的景象，恍惚間如一場虛幻的夢境。那一條小溪已不在，陪伴溪水的蛙聲與蟲鳴已瘖啞。承載倒影的小池塘，全部掩埋在鋼筋水泥下，上面飄揚著一面招惹報紙版面的旗幟。當年的青山，如今少了半張臉；因此它在某一年的除夕夜裡，掉下兩行眼淚，將山下的十戶人家埋入土石堆。年少時的彩雲已經不知流落何方，眼前是工廠煙囪傾洩黃色氣體的宣示。成排的小鳥飛到路邊的烤架後，散發出來的體香，引來高空一架自我放逐的客機無聲的覬覦。據説，飛離溫度驟升的國度的同時，遠方億萬年的冰山已經在融雪。午後雷鳴，南半球臭氧層嚴重破損的消息，振奮了此地溽暑的冷氣廣告。這又將是一個經濟起飛的季節。

梭羅的《湖濱散記》記載了人遠離塵世的欲望後，精簡的日子裡，人與自然依存的景致。文明所謂的進步，是以滿足欲望為標尺。商業文明的經濟，是在滿足欲望的條件下，作精打細算的成本投資。梭羅在《湖濱散記》裡陳述一種生活的經濟，那是減少欲望後，人變得樸實俐落，能以極微薄的開銷自在過日子。

因為減少欲望，人能聽到湖水清澈的訊息。偶爾微風拂過水面，湖水略起皺紋後，又回到千萬年的冷肅。因為生活簡單，人不必去尋找臉孔填補孤獨。創意來自於獨處。獨處不一定會寂寞，但隻身在人海中，反而更寂寞，因為人人都在踐踏他人的身影。自在出入自然的懷抱，你可以看到破曉時分，煙霧迷濛的湖面上的第一隻水鳥，你可以看到新蓋的小木屋裡，闖入的第一隻蜘蛛。

貼近自然，意味遠離人間永無止境的需求，遠離文明撩撥欲望後情緒的自瀆。

《人間福報‧副刊》九十六年五月十二日

自然與人間

貼近自然，棄絕塵緣的招惹，並不意味人要遠離人間。事實上，與自然親近，為的是在人間裡「做人」。沒有這一層認知，自然反而成為人世的迷障。

不論是梭羅，或是思想與生命觀影響梭羅的愛默生，都意識到自然能喚醒人幾近神性的心靈；微風裡看到神的蹤影，花草的香味裡聞到神的氣息。自然滋養心靈，但心靈仍然投注於人間。梭羅在華爾騰（Walden）的歲月畢竟只有兩年，之後，在人間以透徹澄明的思維，以似乎無所為而為的語調，撥亂反正人世的價值觀。其表象柔軟實質剛毅的「消極抵抗」，感召了後世印度的甘地，數億人的身心，因而得以從帝國的桎梏中解放。

美國詩人佛勒斯特有一首名詩〈白樺樹〉（Birches），其中令人印象最深的意象是：一個小孩攀爬白樺樹，越爬越高，到了某一個高度，隨著樹枝的彎曲，又回到地面。往上爬是心靈的提升，越高越接近天空，越能啟發自我的神性。但啟蒙後的神性又回復到人間。樹是自然的化身，藉由自然貼近高處的自然，但人畢竟來自人間，因此自然又將其送返人間。

在世，人間是人的起點與終點。貼近自然，並不是在山水中迷失。窮竟一生都在寫山水詩的詩人，不一定就是因為山水的滋養，成就了超越凡俗的智慧；那可能是一種逃避，一種無能面對人間的遮掩。當所有的書寫都是鳥語花香，青山綠水，人還是人，每天要服侍五臟廟，每天要刷牙上大小號。

也許我們應該審視所謂的禪詩，是否是因為缺乏觀照人間的創意，而在潺潺水聲中短暫忘掉自我。但瞬間的遺忘並非去掉我執。號稱能在山水中禪坐的人，是否看不到山下政客的呼風喚雨？是否不曾聽聞蒼生因為失業從世貿大樓的頂端墜落？是否當下也沒有聽到山中誤闖捕獸機的流浪狗忽隱忽現的哀嚎？當然，幾乎所有的山水詩或是禪詩都「不屑」有這些紅塵意象。

真正貼近山水的人，更關懷人間。因為山的高聳，而反思自身的卑微。因為湖水的凜冽，而自省出入人間的冰潔。因為在自然中的身心自在，更思慮到人間的水深火熱。遨遊山水，總是藍天白雲，在世的修行，則是滿地荊棘。當一個政客的行徑引發風暴，對於這樣的作為，同樣是出家人，一個不是三緘其口，就是閃爍其辭，另一個直言應退位以謝國人，所謂的高僧，原來有天地的高下。畢竟，修行的正果，不在於山水中禪坐，也不在於虛空，而在人間。

《人間福報・副刊》九十六年五月十九日

一念之間

人生所有的事件，總在揚起風沙後，化成文字，有的塵封於典籍，有的朦朧成傳世的記憶。但不可否認，歷史所記載的，大都是帝王將相開疆闢土的殺伐，英雄美人栽培的情種，不論是傾國傾城式的浪漫，或是與之相伴隨的生民塗炭。小人物幾乎沒有歷史的扉頁，只有口耳相傳的「軼事」或「傳説」。

但事無大小，事件的當下，總在虛空中刻畫出清楚明晰的輪廓。五月十九日《聯合報》報導了一個不平凡的故事：一個高中女老師賈鴻秋隻身收容一百五十隻流浪狗，她在臺灣首富郭台銘公司前面長跪，激起對方拯救流浪犬的慈悲心。隨後，郭董打電話給臺北縣政府縣長周錫瑋，希望不要再撲殺流浪狗。周縣長下令農業局停止撲殺，並將與郭台銘的鴻海公司合作籌設流浪犬中途之家，並研擬相關配套法令與措施。

這樣的事件，也許是歷史的小事，甚至只是事件過後，很快成為「歷史」，卻讓讀者在閱讀的當下心情悸動，思緒綿綿。已經很久沒有打開晨報如此激動，激動之後，是無限的愧疚。

幾年來，流浪狗各種身影經常成為我心中的暗影；暮色中，看到牠們在路上找尋食物，不時會引起內心的抽痛。車子裡備有狗乾糧，偶爾給這些承擔人類愚行與殘忍的動物餵食。但時間上大都是斷斷續續的點狀，沒辦法成線成面。換句話說，自己所謂的慈悲心，是類似吃完盛宴後偶爾的零嘴。偶爾心生慚愧，但總以忙碌為藉口對良心辯解，雖然有類似共犯的陰影，隨著午後的雷鳴啄痛潛意識裡的肌膚。

忙碌是真，但是一個真誠的投入者不會意識到忙碌。據報載，賈鴻秋老師二十年前就開始收容那些人們喜歡就養，養膩了就丟的所謂流浪狗。所謂丟，是把生命當垃圾，雖然是自己製造的「垃圾」。怎能想像賈老師五萬多的薪水如何支付一百五十隻流浪狗的飼料？怎能想像她每晚下課要到醫院照顧中風的母親，還能在幾乎沒有睡眠時間的狀況下，凌晨趕回淡水照料一屋子的流浪狗？是什麼樣的意志力支撐她走這一條崎嶇的道路？可以想像她意識裡經常閃現那些拖著重病尋找食物的小生靈，那些聚集一處被熊熊烈火燃燒無助哀嚎的生命。是那種聲音，那種影像，那種心生不忍的意念，讓她繼續邁開搖曳的步伐。

人類是製造流浪狗的源頭，又是撲殺流浪狗的兇手，而賈老師是在世修行的菩薩。但菩薩的一跪卻造就了另外兩個菩薩，一個是富豪，一個是父母官。臺灣大部分的富豪除了令人欽羨的財富外，舉手投足值得仰望的屈指可數。郭台銘日前還為了一陣陣風裡的傳聞，為世人留下一些令人質疑的問號。但一個女老師長跪的影像，讓他今生或是累世的慈悲種子發芽，而一念之間成菩薩。

臺灣的選舉文化經常是人類反淘汰的最佳例證。但單單周縣長對於郭台銘所做的回應，已足以證明臺北縣的選民頗有慧眼。慈悲之道，空有善士不足以成事，必須要有感覺的政府配合。周縣長已經大悲心起，其他縣市的父母官呢？想必他們不是有形無心的木偶。為與不為，均在一念之間。

最能有效促成慈悲大業的，是社會人心馬首是瞻的宗教領袖。只要他們發心一齊呼籲救助流浪動物，政府必然不得不以相關的措施應和，數百萬信徒必然如人間的天使，千萬蒼生因而馬上得以獲救。但是這些修行者，有些還在體察政客的鼻息與眼色，有些正專注演練口頭禪，有些陪伴青山綠水，無暇關照紅塵，有些佛號不斷，一心嚮往要雲遊西方，有些「似乎」還不知道流浪動物的地獄，原來在人間。

《人間福報．副刊》九十六年五月二十六日

笑話

人間充滿笑話。所謂笑話，是因為某些行徑的可笑；有些笑話，顧名思義，是有趣的經驗或是故事，引發聽者的趣味與笑聲。前者，是人生的荒謬，後者是生活的佐味，但有時，說笑話本身就是一個大笑話。

生活枯燥，日子陷於重複，語言變成重要的滑潤劑。一個人能吸引他人與之親近，有時是因為令人歡喜的個性，有時是因為妙趣橫生的言談。言語經常對應個性與行徑。言語的「有味」，大都來自於人品的「有料」。

經驗中，自以為是的個性，言語大都如沒完沒了的梅雨。說話內容一個串連另一個題旨，說話者自我獨語，甚至是被自己的語音所催眠。由於是獨語，聽眾只是一片朦朧的臉孔。面對這樣的臉孔，再平凡的道理，都如數家珍娓娓道來，自以為是人生的創見；再平常的經驗，必然加上前言後語，而編織成故事與情節。說話者最忌諱的是，這些臉孔突然闖出一個輪廓分明的五官，打斷他言語綿綿不絕的春雨，弄亂了地面積水映照自我的影像。

這些人有一些自我展示的圖騰。不一定是大人物，但自以為是大人物。在一個公司裡，可能不是董事長、總經理，而是某個單位主管或是人事主任。在一所大學裡，不是校長，可能是教務長更可能是主任秘書。

當然，以上所述的，是對他所謂的「下屬」的講話方式，當他面對上司，則經常是一副堆滿笑臉的「沉默」。

當然，當領導人物有魄力掏空國庫，掏空公司或是學校資產的時候，他也可能有如此壟斷式的言談。語言是人性的一面鏡子。

假如這樣的人講笑話，那將是非常殘忍的景象，因為語言會讓說話者長出一個角，露出一條尾巴。想像獨語式的笑話是什麼樣貌？一種不斷的抄襲與複製。由於是我執的獨語，試圖藉由笑話讓個性多采多姿的言語，是添加整瓶味精的一道菜，聽了吃了哭笑不得。最尷尬的是，這些笑話聽者大都早已耳熟能詳，但他總自信在座的只有他有聽過這個笑話的博學與機緣，說話者甚至有瞬間的幻覺，以為這個笑話是自己的獨創。

重複的笑話，讓人想起馬克吐溫在〈如何說故事〉一文裡，所描述的景觀：「講滑稽故事的人預先就宣稱要講一個他聽過最好笑的故事，他以最急切的歡喜心講故事，講完後，是第一個發聲大笑的人。有時講得好，他會樂於重複故事的關鍵點，然後環顧四周的臉孔，來收集掌聲，然後把故事又重複一遍。那種樣子，真令人感到可悲。」

真正可悲的是，意圖突顯自我的重要性，卻讓自我的語言映照成小丑。更令人可悲與無奈的是，大部分的人必須扮演小丑，去聆聽小丑式的笑話。

《人間福報・副刊》九十六年六月二日

微笑

一位也是在大學任教的朋友，在一次春雨的召喚後，突然現出心中的彩虹，而將糾結的心室打開。近幾個月來，他有意無意間，發現自己經常緊繃著臉。新居空間的寬敞，接近鄉間所吐納的呼吸，並沒有讓自己增添笑容。有時晨光以清涼的山嵐塗抹山色，眉宇之間卻如夏日午後突起的烏雲。

烏雲並非雷雨，只是心情的陰霾。並不是真有煩心的具體事件，也不是教學行政有難於跨越的絆腳石。所有鬱悶的深井，似乎找不到噗通回響的源頭。也許是日子點點的沙粒無形中碰到朦朧的水滴，而囤積成鬱結，沉澱於意識之外。新居外表造型結構完好，但細觀之，樓梯的鐵屑迎面提醒它疙瘩的存在，浴室角落水泥乾涸後所留下的殘痕，似乎冥頑地提醒工人當時在此揮霍的時光。至於草坪上難以消化的積水，遮雨棚逢雨必漏的韻律，柚木地板鼓起訴說不平，都在輪流激盪腦海的漣漪。也許，再加上學校卓越教學計劃的成果驗收，系所評鑑幾近日以繼夜的準備，白天與黑夜的循環，眼前盡是開展的空間，而裝載心情的竟是難以轉圜的斗室。

是身心的疲累，還是日子的行進沒有喘息的空隙？是真實事件的拖累，還是自我製造的情緒變成心情的負荷？快樂，以前一度如電線上寫意的雀鳥，輕描淡寫藍天的構圖。朋友說，這段期間最大的醒悟是，快樂與目前所謂的擁有兩不相干，果然如眾多智者之所言。生活不知不覺中都在躲閃，躲閃鏡子映照自己的五官，因為上面少了一度已成自我商標的微笑。

面對朋友的言語，我給了他一個微笑。意識到微笑的欠缺，表示微笑已經在不遠處招手。微笑不僅是映照心情的圖像，也是負面情緒的騰空與消解。微笑待人，最終利益的收納者是自己。我一面吐出有關微笑的言語，一面在心中閃現最近一期《琉璃光》有關微笑的敍述。微笑是腦幹釋放的喜悅，有別於大腦意識裡對外在的理性批判與抗拒，也有別於邊緣腦的悲傷與恐懼。一旦面對煩惱的情境，微笑能撫平波瀾起伏的情緒。《琉璃光》的雷久南稱呼微笑為：「超時空康復和一切和諧的開始」。

於是，朋友開始微笑。有一天他以微笑向我宣布他「腦幹」的分量。他向我「開示」：所謂修行，就是將情緒與思維，進入腦幹，進入喜悅的源頭。他也說，新居的煩惱不斷，是因為膨脹的「我執」，過度放大沙粒裡的孔隙。我知道他的心得大都來自於《琉璃光》的啟示，但我不拆穿，只是給他一個微笑。

《人間福報．副刊》九十六年六月九日

雨的聯想

連日霪雨，花園潮濕的氣氛瀰漫，沿著牆面的美人櫻全部落英滿地，去掉應有的顏色。桂樹在大雨中挺立，日前所開的花朵，全部掉盡，想必雷雨讓它們驚醒，原來自我認知的節氣是一場誤會。木槿與扶桑仍然堅持每天開一朵花，只是一陣肆無忌憚的豪雨之後，滿地季節的殘痕。

最辛苦的是地上的草皮。自從搬了新家後，種植後的草皮，已經被「剝皮」兩次。兩次都是因為地面的填土垮陷，必須挖起填土後重種。每一次連綿的豪雨都是一次的考驗，最近一次的再種植，已經是兩個月以前的事了。草皮因為挖開重種，彼此留下銜接的空白，個個像一段被漂白的心事，個個像手術後蒼白失血的傷口。想像草皮的人生，落地生根竟然如此滄桑。

更辛苦的是，剛長出新根，就泡在水裡。水是上天賦予的滋養，但大量的水，卻是一場浩劫。由於草皮的下方，是車庫。混泥土是車庫的屋頂，不能滲水，更不能排水。雖然角落設有排水孔，但積水幾乎漠視它們的存在。草皮的根，不論新舊，任由積水的浸泡，是一種必然。成長，總必經水的洗禮，一種氾濫的洗禮。

既然是島國，環伺左右的，盡是水的意象。空間是水的覬覦；梅雨、鋒面、颱風是時間定期的造訪。空間隔離的水域，提供了政客噴灑口水的憑藉，讓對岸呼嘯的砲彈，掀揚觀賞的水花。定期的水祭，則是進一步誘引政客，以每年同一個題旨，同一個內容，作口水競賽。島國展現水的文化是：如何在土石流的背景下，面對電視攝影機擠壓笑容。

但是無法生根立足的草皮，也正是島國人民的心境。當政客以口水治國，人心如流水，有人從此在他鄉異國自我放逐。即使無奈留居島內，在水中浸泡的歲月也難以生根。生活面對的是重複的無奈，正如綿綿的春雨。鋒面的來臨，所驗收的是，四處漫遊的垃圾，以及汪洋中載浮載沉的生靈。流水過後，是腫脹的臉孔，是蒼白腫脹的鬚根。

當園裡的香氣隨著雨水成為雲霧，當陽光無以製造陰影，有些臉孔乘此翻轉成光環。一條水路在激烈的雨聲中導引出時代的見證：一部淹沒水中的車子，留下屋頂的天線，還在聆聽股市行情；一條流浪狗在追逐一片沾有肉味的土司，而捲入漩渦；一個地下工廠的老闆，看到烏黑的河川漂浮著成千上萬的死魚後，露出微笑展望即將來臨的晨光。這時，遠山不知名的佛寺飄來悠揚的鐘聲。

《人間福報・副刊》九十六年六月十六日

All You Can Eat

吃素後，十多年來，朋友相聚，或是有朋自遠方來，招待對方最方便的方式，就是到設備高雅，菜色繽紛的素食自助餐廳聚餐。所有的食物、點心，正符合了英文**All you can eat**的特色。

所謂**All you can eat**原來的用意，是現代人口味殊異，餐廳準備多種菜色，讓每個人各取所好，賓主盡歡。但是通常到這樣的餐廳，主客都心照不宣，不是選擇「所有你想吃的菜」（**All you can eat**），而是盡其可能「吃掉所有不同的菜」（**Eat all you can**）。

最近「春天素食餐廳」在臺中開業。這是聞名臺北的餐廳，到臺中開分店，套用流行的廣告詞，真是「臺中人有口福」了。初次造訪，果然名不虛傳，無論食物的新鮮度、味道的細緻度、花色的多樣性，都比原來一家性質相近的餐廳高很多。所有的菜色都散發迷人的邀約，我的嘴巴也嘗盡五味雜陳，努力達到Eat all you can的感召。

但是一個多月來接二連三的腸胃「進補」後，突然覺得花香撲鼻布滿生機的「春天」，卻讓人思想遲滯、神識昏睡。那是一次食物在胃腸幾乎無法蠕動的狀況下，在洗手間沒有招惹塵埃的大鏡子裡，看到自我人性的投影：一個貪婪號稱吃素念佛的嘴臉，還沾了油漬的反光。腸胃的飽和，讓自己的身軀終於挺直，因為彎腰必然要感受沒有空間迴旋的腫脹。眼神在鏡子反射的瞬間似乎變成身心放逐的遊子，既陌生，也不敢逼視。

英國二十世紀初的英國小說家康拉德（Joseph Conrad）說，創作的行為是小說家讓讀者分享各種感官的體驗，小說家「讓你看」的視覺化敍述更是創作成敗的關鍵。「讓你看」使作品充滿意象性的情節，而非以空泛的理念說故事。視覺化是作者的創作與讀者的再創作融通的介面。

假如我的眼睛已經因為血液大都奔往腸胃，而缺血朦朧，我能看到人間什麼樣的景象？我又怎能以這些景象創造成書寫的意象？眼前所見的唯一意象，是一個號稱吃素的知識分子所暴顯的口腹之欲。更矛盾的是，口腹之欲是慣性的套詞。真正的狀況是嘴巴逞欲，腹部卻必須承受口欲所留下的後遺症。

原來春天所帶來的不只是綿綿春雨。雷電映照的，是人性的自我暴顯。假如取用的菜量與人性相對應，眾目睽睽下，我似乎裸露出一個體積龐大的五臟廟，裡面瀰漫了各種糾纏混濁的異味。

據說吃素也算是一種修行，但暴飲暴食的素食算是什麼修行？是因為思維如此的辯證，最近對「春天」已經有了厭膩感？不確定。更不確定的是，「厭膩」是良知的驚覺，還是因為多次飽食後，潛意識希望餐廳能改變菜色？午後的雷聲朦朧帶過，沒有答案。

雨中訪客

下雨讓很多活動限制在室內，室內與室外一瞬間變成截然不同的世界。雷雨聲勢驚人，但只要草皮還能存活，只要花園的填土不再下陷，聽習慣了有時覺得有點虛張聲勢。雨聲有時以風聲做為前奏，屋簷沉重的大風鈴終於演奏出雨季的序曲。

序曲所迎接的是雨中的訪客。有幾隻麻雀飛到有屋簷遮蔽的草地上。牠們看來是為了躲雨，但細看卻是為了覓食。原來牠們在草地上探尋生命的軌跡。草地上近日來出現不少小坑洞，麻雀聽到草皮下其他生命的呼吸，那是蚯蚓的天地。此時，雷聲乍然停止，也許蚯蚓已經感受到雀鳥威嚇的身姿？生命大都以他者的生命維繫生命。這就是娑婆世界的蒼生。

接著到訪的是，這棟新房子的營造商李先生。房子落成，有一些瑣碎的事要收尾，而收尾的動作總隨著季節忽晴忽雨斷斷續續。如今一切似乎已經就緒，雨天是最好的驗收。當然有一筆尾款要付，細節如何？數字多少？突然的閃電讓收款的單據反光，雷鳴讓言語瘖啞。風鈴當然不忘趕上應有的伴奏。在叮噹的恍惚中，我們談到一條蛇的故事。

就在早上，妻子突然在廚房大聲叫喊「阿彌陀佛」。我匆忙趕過去，她結結巴巴地說，有一條很大的蛇從屋簷下閃過。也就是說，有一條蛇闖進院子。這是晴天霹靂，幾近寫實與超現實的隱喻。想必霪雨淹沒了蛇的洞窟，牠們必須另尋居所。這時電視螢光幕上，洋基隊正在進行連續性的屠殺，觀眾席上嗜血的吆喝伴隨窗外雷雨的聲響。但我們已經退出那些聲浪，因為我們的血液好像瞬間凝止。

我撐著傘，拿著一根登山的藤枴杖去雨中探尋蛇的行蹤，但心裡一直無法確定真正面對牠時，如何作適切的反應。車庫是最可能「藏」所，但是沒有牠的蹤跡（我是失望呢？還是鬆一口氣？）。在屋子兩邊的種植、與堆積的容器、石器中尋找。也沒有。突然，似乎在第六感的召喚下，我猛回頭，並且隨即冒出一身冷汗，因為我差一尺就踩到牠的身上。牠卷曲在一個陶罐與石磨中間，上面一株不大不小的桂花似乎為牠撐了一把傘。

想起來覺得反諷。當時花園大量種植桂花，據說是為了防蛇，沒想到現在蛇卻以桂花為庇蔭。也許是失錯的雨水打亂所有自然的生序。蛇靜止不動，似乎知道人們在尋找牠的行蹤。也許牠比我們心懷更大的恐懼。可是牠的靜止沒辦法遮掩牠龐大的體積。蛇身斑紋錯落，粗壯有如拳頭。母親説那是龜殼花。我們更不敢造次，在凝視中嘗試條理思緒。

最後我們找到消防隊員來抓走。他們説，這是錦蛇，無毒。我們露出笑容，並叮嚀他們放牠走，不要傷害牠。但是此時，李先生的笑聲清澈響起：「這樣，消防隊的人又有一頓口福了。」就在那一剎那，我們意識到自己是另類兇手。「但他們説會放生的啊」，我們心虛地辯白。李先生微笑説：「他們當然都是這麼説的。」

黃昏，雨不曾停過，妻一再難過地説，這是牠們居住地，我們蓋房子，趕走牠們，卻又奪走牠們的性命。吃素多年，蚊蚋蒼蠅除外，從來沒有這麼強烈意識到自己在殺生。懊悔，罪惡感，伴隨桂花下卷曲的斑紋，一直在意識裡翻轉。夜晚即將來臨，是否有一長噩夢在等待？時間緩緩流過，風鈴悠悠地在淅瀝的雨聲中迴盪。

《人間福報．副刊》九十六年六月二十三日

倚靠窗口聽驪歌

倚靠窗口，你們的身子逐漸在樹影的庇蔭下遠去，陽光在近日雷雨的間隙裡作理直氣壯的宣示。熱氣所收成的效果，已經找不到流浪狗來印證；就在昨日，一場校園的搜捕如火如荼的展開，以免今日牠們的吠聲干擾驪歌，以免牠們身上斑剝飛揚的毛髮沾上你們肅穆的學士服。據說，當校園沒有貓狗的痕跡，開闊的草皮更證實這是人間，一個充滿智慧與感情的學術園地。

果然，喧騰的音樂還在空氣裡迴盪。樂音大都是敍述的往日與餘韻，結尾必然是放眼未來的珍重再見。旋律抒情意味很濃，轉折處摻上小小的煽情，要讓今天帶點色彩，讓記憶有點雞皮疙瘩，讓未來日子可能乏味的重複裡，突顯一些佐料，讓人生的滋味有點輪廓。

看到你們逐漸遠去的身影，才想到你們曾經要我贈送兩句話。這兩句話可以在謝師宴裡發言，但是當天有五、六所學校聚集，以眾聲交響的噪音回饋各個師長的春花秋葉。語言必然選擇沉默以銘記這後現代的場景。放眼所見，盡是嘴巴的開合，應和刀叉頻繁的進出。

當天客觀的情境須沉默以對。但即使有機會開口，我想說的可能也不是你們想要的。正如校園驪歌流竄的當下，你們希望一些激動的語調，強調不捨。也正如畢業生致答詞，幾乎所有的學生與家長都預設有些勾引淚水的言語。假如無以醞釀所設定的情境，即使乾癟的語音，也需要有一些姿態，表示致詞者已經情不自禁，有點小小的情緒失控。

你們要看到我語言的尾巴裡，有點失控的跡痕，來對應我英詩課裡所要求語言與意象的精準嗎？好在上天暗自眷顧，能讓我免於被參照對比的機會。講課論述與創作，我經常強調對語言的意象思維，作品所呈現的是款款而流的情感，而非驚濤駭浪的激情。但這並不表示教授或是詩人沒有激昂的情緒。事實上，當人對人間不再激越，心如止水，創作之泉也必然枯竭。弔詭的是，熾熱的生命展現於創作的，不是文字的燃燒，而是情感與思維調變後的溫度。成長，可能就是調適情感與激情因時制宜的間距。

但以上的言語，只是我行文過程中瞬間的失控，並不是我意識裡預定的言語。我所要說的，只能算是過去歲月裡自我的提醒，那就是：有關道德與人生的命題，不要說教，不要急著想告訴別人什麼。但是，這個句子的第一個字出現時，我馬上意識到我就在試圖告訴你們什麼。所以，我應該選擇沉默，讓以上的文字自我塗銷，讓我的無言被驪歌掩埋，只剩下你們已經消失的影子。

原文以〈倚靠窗口〉刊載於《人間福報・副刊》九十六年七月七日

詩路在人間

驪歌之後，你要走出什麼樣的足跡？校園寬廣的草地外面，各種路況縱橫交錯，個別走向不同的定點，以不同的方式收尾。你要走什麼路，表面上似乎是自己的決定，但雜草剪淨後，也許芳香撲鼻，現代化六線高速路的終點，也許是醫院的急診室。

曾經，語言在午後咖啡的餘香中探索你的思路。過去幾年的歲月，你的詩心似乎總在抒情與現實的十字路口中徘徊。其實抒情與現實並非交叉的兩條路，更非一條路的南轅北轍。書寫現實人生的場景，可以透過抒情的語調，展現動人的敍述，以及生命潛藏的厚度。

重點是，書寫現實，展現詩的生命感，但詩絕不能喊口號。抗議政客口水治國，詩人也許只能寫出這樣的句子：「昨天你噴灑大量的口水，今天果然爆發如此的風雨。」一詩經由抒情的意象思維，展現了人間的智慧，不流於言說，也非刀光劍影，類似政客經由唾液潤滑的唇舌。

但是抒情的極端，可能是個人情緒的自彈自唱。中國的詩傳統讓很多詩人與讀者對詩的既定反應是，文人雅士飲酒作樂，閒暇登高望遠，時序感懷如悲秋等的消遣之作。有些現代詩是這類「古典詩」的散文化，意象不外乎落葉、晚霞，湖水青山，花香明月；盛怒則拔劍長嘯，送別則是長亭復短亭，當然加上一點嘆息，一點幽怨，一點燭影，一點天邊的殘紅，一點鏡子顯現的淚痕。

過去對詩的既定印象，使某一位國立大學校長在一個詩人聚會的場合裡說：「現在到處是垃圾，到處是空氣污染，我們的詩人怎麼寫詩？」。你能否下定決心告訴許多像他這樣的人，說：「就是因為這些垃圾與污染，我們更能寫詩。」因為這些都是人間生命所留下的刻痕。也許我們的創作要感謝那些以謊話治國的政客，雖然因此所寫的詩作所付的代價，是詩人眼見生民塗炭內心的淌血。

由於對抒情的既定認知，我們文學史上留下甚多煽情的情詩，甚多閨怨式的感嘆，甚多文人遊山玩水的詩興，但我們極度缺乏真正引人哲思的生命詩篇。我們有杜甫的人生之痛，我們有白居易的現實書寫，但前者夾帶了不少激情的眼淚，後者呈顯的大都是現實的表相，我們似乎少有能經由意象，將現象提升至生命的意象思維。

但具有哲思的生命書寫，要在現實血肉直接的撞擊下展現想像與抒情，而不流於露骨的批判與諷刺，是對詩人極大的挑戰，並不是每一個詩人皆可為之。詩的題材千百種，各憑性情自有天地，但你秉性聰穎，自有一條大都數人不願也無能涉足的路在前方等待。當驪歌只剩下幾個簡單的音符填充記憶，當你邁開腳步踽踽獨行，也許路的兩旁有玩弄超現實或是後現代遊戲標籤式的招手，有雲遊山水所謂禪詩的誘引，以及那些情緒激盪下涕泗滂沱的邀約。你可以輕易隨著他們慣性的腳步，闖出一片天地，但你有種悲劇性的自我期許，因為你知道你行走在人間，你的詩路也在人間，能彈撥心絃留下生命刻痕的人間。

《人間福報・副刊》九十六年七月十四日

有朋自遠方來

在陽光與雷雨交織的流程裡，你在我新居出現的身影，猶如浮雲找到朦朧的山頭。那是光的幻影，影子自我的追逐。當年幾乎每月相聚的習慣，已經中斷了六七年。「有朋自遠方來」的「遠」字，強調的是空間，實際的間隔卻是時間。當空間被時間左右，所謂距離，可能不是客觀的數據，而是心裡飽含的間隙。

你我的間隙，來自外在的現實。過往，世人無法以「商人」為你貼標籤。財富所累積的，是你對弱勢族群的牽掛。你曾經為靜坐的大學生餐風露宿，你曾經默默地加入那些苦瓜臉的示威行列，在濛濛細雨中，仰望一隻從農民手上飛往在臺協會屋頂的公雞。你的臉上，沒有任何既得利益者的圖騰，但是你卻為操縱利益的兩顆子彈加上很多聲響的修辭。從此，我們幾乎保持沉默，讓時間拉長空間的距離。

但是如今看到你的臉龐，我心生愧疚。並不是因為你帶來漢朝的陶器，也不是你讓我的花園多了一盆搖曳生姿的蓮花。也許我們一度都想過，不必為罄竹難書的政客浪費口舌，因此我們選擇沉默。但彼此的沉默，更意識到對方的存有。言語的無聲，更加突顯記憶中的輪廓。我的愧疚，部分來自於對自己的失望，竟然讓政客撥弄我們友情深沉的湖水。這樣的自覺，並不是只出現於當下，但我卻錯失過去無數如此的瞬間。當焚風翻越遠方的山頭，當洪水進駐城市居民的客廳，當空軍一號在天空到處流浪，你的影像在空氣中呼喚，但我無法卸下那虛浮的自尊，拿起那個角落與蜘蛛為鄰的話筒。

現實展現的，是各種姿態的政治營生，但是我竟然讓這些擠眉弄眼的姿態攪動心湖。這一次你的造訪，還是由你先跨越心理的藩籬。若是能自我分身，一定驚喜那過去熟悉的語調又能在類似的空間裡回響。時間留下眾多的空白，需要繁複的細節去填補，這些細節不免要去勾織一些荊棘的往事，但我們小心避談政治。「避免」算是我們這六七年來學到的智慧。對於眼前的政客，言語、揣測、都是無謂的言談，誰能想像屆時要爆發的聲響，豈止是兩顆演說神話的子彈？

我們不妨好好掌握當下，來填補錯失的時光，將六七年的時間濃縮成此時此刻的分秒。我不禁逼視你的臉孔，而發現眼角滋長了一些川流，你的鬢角已經泛白，這是否意味你累積的智慧，因而能率先跨越我們時間的門檻？但是看到你歲月的爪痕，我不免也伸手探摸自身的五官。我不知不覺中走進浴室審視那一面鏡子，我無以躲閃那張幾近陌生的臉孔。這就是我，一個一向不知道與時間切磋的我執，已經是飽受時間扭捏過後的色身。現實倉皇走過，你，果然是我的一面明鏡。

《人間福報．副刊》九十六年七月十二日

背影

背影相對於正面，是遮掩與暴顯的雙重面向。呈現背影，意味正面隱藏不見。但隱藏是曝顯的邀約，沒有正面的表情，卻提供表情的暗示。頸子上過長的頭髮，擺動中略顯僵硬的手臂，移動的雙腳似乎放不開腳步。他在想什麼？是前面有一個忽隱忽現的窟窿？還是行走的步履，踩上了時間的傷痕？

由於隱藏正面，可以引發想像，影像處理上，可能增加另一層的思維縱深。善用背影的導演，可以讓電影映象呈現複雜的意涵。也許角色A的眼光，只能看到另一個角色B的背影，但鏡頭可以繞到B的正面，讓觀眾看到B背影之後，臉上閃現的烏雲，也可以讓觀眾看到臉上表情的弔詭，而發現映象與旁白的非同步。導演更可以利用一面鏡子，讓A同步看到B的正面與背面交互襯顯與塗銷的雙重情境。

現實有趣而複雜的是，人生並沒有一個導演，幫我們同步呈現背影與正面的影像。有時，知的適度退隱，是美感經驗的先決條件。矇朧的「知」，讓前面原本熟悉的路，似乎多了一點詭異的芬芳，雖然那是季節錯亂造成的誤會。水流來自何處？那是遠山與白雲間，知識縫隙裡的泉水。水流往何處？大海的波瀾是想像寄予的答案，雖然它早在不遠處被溽暑蒸發。一個陌生女子的背影搖曳生姿，讓我們想像一張令人驚豔的臉孔，且讓那張臉孔不要在路旁反射的櫥窗裡曝光。

假如把背影的想像，詮釋成不願面對真相，文學創作或是人生之旅，可能墜入虛假的浪漫。智慧的成長，在於知與不知的拿捏。相信有前世來生，但不必追究其身分與細節。相信語言能傳達訊息，但也相信訊息潛藏縫隙。相信即將消失的背影，將在另一個角落另有天地，但也相信背影的主人可能不敢面對晨光。不想去看一個背影正面的顯影，是因為要保留「不知」的美感與想像，但清晨散步，路面上的血跡卻牽引意識，去面對水溝裡流浪漢的屍身。

記憶中，母親矮小的身影，撐起金瓜石長年的雨聲。青少年的睡夢，捲縮在僵硬的被窩裡，劈柴的聲響，喚起夢境，去面對濕答答的黑夜。黑夜似乎是為了未來遠景的晨光準備旅程。日夜交替，往事不再，當年背著書包的自己，兩鬢已泛白。母親風濕的殘痕不能換回歲月，但時光依舊，在情緒思維的空隙裡上演的，是她望著牆上父親遺容的眼神，更常出現的是，她在雨中清晨走向工地穿著蓑衣的背影。

《人間福報・副刊》九十六年七月二十八日

人間的氣味

有些學人經常從線裝書，實驗室裡看待人生，因此生活瀰漫著學究味與藥水味。並不是說書本不是人生，也不是說實驗室的日子不是生活。但斗室裡的人生經常只是自我僻性、習慣的投影，正如鏡子反射鏡子裡一再重複的影像。

有些學人談人生，不忘引經據典。但知識的「博學」並不一定就是思想的「智慧」。有人著作等身，但大都是資料的堆積，自我的創見還不如書本裡的蠹蟲，能開拓疆土。此地所謂的大師大都是因為博學強記，過往事蹟，巨細靡遺。但假如堆積資料是大師，則任何一臺電腦都是大師的大師。假如上大學是要聽一位「大師」細數《紅樓夢》或是莎士比亞三十六個劇本裡的角色，學生不如逃學在家打開電腦，除了人物的名字，還能在時間的空隙裡演繹人生。當然，電腦周遭請不要忘了擺幾塊備長炭。

有些學人的言語充滿了道德教訓，一副走過的人生盡是珠璣的態勢。人生經常套入理論的框架，以及概念化的言語。而所謂的理論，不是自己思維後的創見，而是流行主義的套用。言語滔滔不絕，學術用語令人「敬畏」，生命的現場，原來是邀請註解與典故作見證。

其實，真正有生命感的學人，其學識不僅來自書本，更重要的文本來自人生。透過人生的現象發展成心靈的意象，使「博學」升騰為「智慧」。意象是人以感覺與思維捕捉外在世界的形象。意象不是詩人或是小說家的專利。一流的思想家能將理論提升成哲學的智慧，其中的關鍵在於，將概念化文字轉成意象思維。

於是，在討論文學尤其是詩語言的曲折隱約與弔詭現象時，十九世紀英國的詩人與詩學家柯勒奇（Samuel Taylor Coleridge）說：詩行文字的進展，正如蟒蛇的行進，是彎曲而非直線；身體在看似後退的彎曲動作中，凝聚了前進的力度。

莎士比亞曾經用了滾木球的意象，木球形狀歪曲，並非正圓，滾球者必須藉由弧度與曲線才能讓木球滾至目標。

美國新批評理論家布魯克斯（Cleanth Brooks）說：詩正如風箏的尾巴。風箏能在空中翱翔，因為下面垂懸著一兩條尾巴。尾巴自身的重量表面上增加風箏的負荷，使其往下墜，但其隨風擺盪，卻使風箏往上升。詩的語言就在上升與下墜的拉扯中產生。

蛇的行走，木球的滾動，風箏的上揚與下墜，不在書房，也不在研究室，而在周遭的人間。人間不僅是詩人小說家最佳的文本，一個有創意的理論家，也會讓其哲思散發出人間的氣味。書本與理論的重點在於啟發，啟發人對人間敏銳的觀照。一流的創作家與理論家對語言敏感，是因為他們對人生敏感。

《人間福報．副刊》九十六年八月十八日

跨越季節的瞬間

季節每日在揮霍陽光，溫度在報紙與電視的哄抬中攀升，在口述與文字中成為瘟神。但不知道是否與新居在山腰且四周大樹環繞有關，今年似乎還未真正意識到溽暑的威力，八月已經來臨，晚風吹起秋涼的前奏。入夜必須蓋一條毯子，否則會在「冷」中驚醒。

但以上的言語，雖是心靈真確的感受，朋友間交談，在一陣陣譴責高溫的言語熱浪中，只能保持沉默。不是擔心他人特異的眼神，也非擔心他人懷疑自己言語的虛構，而是感覺上的反差，反而會讓熱浪加溫。我心中的涼意，可能會讓他者更覺得燥熱難耐，正如普魯斯特說夏天以手碰觸冷水，更能感受盛夏的本質。

於是，當朋友還在溽暑中分秒煎熬，我已經看到秋天似有似無的身影。屋頂上擺著兩把鍛造椅子，夜幕低垂時，仰望繁星牽引惆悵，雖然往常這樣的情緒是秋涼的專利。可以想像秋節來臨，妹妹家人來這裡烤肉的盛景。對於素食者的我，明月映照，心情的波瀾，絕不是因為有肉香，只是，涼風、明月，美景，必然增添一種人間瞬間即逝的感傷。

秋涼與感傷的連結，沾染了多少文人虛假的濫情。這是意識裡不時冒出語句。但是「瞬間」兩字卻引發思維難以駕馭的奔騰，跨越的不只是盛夏，也非秋涼，而是冬寒。原因大概是，瞬間的意念，變成意識裡的一面鏡子，映照了英國十九世紀美學家培特（Walter Pater）的文字：假如不能辨識周遭每一個瞬間潛在的情愫，不能辨識自然賦予的禮物中潛藏的悲劇力，那麼就像霜雪與陽光短暫的冬日裡，黃昏尚未來臨我們就已經昏睡。

在低溫的國外，寒冬經常四處霜雪。但是當陽光灑在霜雪上，大地發光，人間感受有如甘露。陽光與霜雪的結合，是珍貴的瞬間，也是飄忽的瞬間。陽光給人間帶來溫暖，卻可能融化霜雪。但是當大地長久被霜雪覆蓋，人心進入灰暗的陰霾，陽光乍現是如此的稀有與短暫，但我們卻在日落前就已經昏睡，假如我們錯過瞬間豐盈的當下。

培特的瞬間美學，在於所有現象的存在與印象的捕捉，都是稍縱即逝。因此，人應把每一個瞬間當作獨立的瞬間，存在與消失並存的瞬間。感受瞬間的獨特，也感受到瞬間即將不在。

時值盛夏，思緒跨越季節，走進冬寒，幻想當下與歷史無數可能的瞬間。但反身自照，雖説日子的溫度已經帶來涼意，夏天畢竟還在蟬聲中旖旎作態，但我是否已經錯過了眼前無數姿態變化的瞬間？

《人間福報．副刊》九十六年八月十一日

把敬畏還給自然

九十六年青海國際詩歌節，我們的座車翻越群山，草原一片片逐次展開，上面潑灑了點點滴滴的綿羊。難以相信童年想像的夢幻構圖，在眼前一切成真。塞外草原清楚的輪廓猶如微笑不語的記憶。突然，有三兩頭綿羊，無視我們坐車急躁的喇叭聲，以從容的步履穿越馬路；緩慢的腳步似乎將時間暫停。綿羊是在回味新草的滋味，還是以不變的容顏迎接一波波的訪客？草地的表情沒有顏色，任由光影挑撥。

猶記得八十年去九寨溝，到達九寨溝賓館後已近黃昏。我們沿著賓館外面的小路向暮色探索。暮色中，十幾隻綿羊悠悠地走向暮色中的家。沒有牧羊人，只有兩頭大綿羊在前面帶頭。綿羊井然有序的身影頓時讓觀者覺得天地恍惚，內心興起無名的感動與感慨。綿羊靈巧地走自己的路，但所謂路的真正終點在何方？綿羊是否知道未來主人將如何處置牠們的命運？不知道綿羊的心思是否有雜念？我們只看到：牠們默默地踏上前面大綿羊路上所留下的影子。

我們的座車繼續向前。犛牛特異的身軀在藍天白雲的烘托下，是一種神祕的敍述。此地的白雲不知風暴，以各種型態在湖畔審視湖水的臉龐，藍天無邊的臉孔任由人們填寫記號。有時，自然的敍述沒有意義的指標，也沒有確定的答案。有時，答案似乎就在湖水似有似無的聲響裡。有時，犛牛似乎在吃草時也在咀嚼問號：今天的明天在哪裡？明天的明天，是否就是清晰明亮的重複？

於是，我們在有如大海的青海湖畔，立下詩人與自然和諧的盟約。語言以管弦樂的音符前導。樂音以如歌的行板，歌頌綿羊溫馴的身軀與個性，以沉重莊嚴的慢板頌揚野犛牛的神祕與生命力。音樂演奏結束後，青海國際詩歌會的主席，以如下的言語宣示：「我們在這裡，面對聖潔的青海湖承諾，我們將以詩的名義，把敬畏還給自然，把自由還給生命，把尊嚴還給文明，把愛與美還給世界，讓詩歌重返人類生活。」

於是，詩人們在預先準備好的大片白色布幕上揮灑自己的名字。來自世界二、三十個國家的詩人們以橫衝直撞的筆跡，證實詩人天地唯我獨尊的個性。有些人的名姓似乎橫跨三川五岳，有些人無可奈何地在夾縫中求生存。簽下名字，意味身心要與自然和諧共處，由高原上的烈日見證，由不起波瀾的湖水見證，由草原上一望無際的黃花見證。

接著，午餐的時間到了，詩人們湧入一個個貌似蒙古包的餐廳。人聲沸騰，興奮之情溢於言表，因為從今起詩人們要以愛心讓天地澄明。也許愛心容易引發飢餓。於是，他們大快朵頤地享受餐桌上的羊肉與犛牛肉。於是，他們吆喝：「趕快送酒來，有肉沒酒怎麼寫詩？」。

寫於九十六年八月十七日

水聲中文明的騷動

八月上旬到青海參加國際詩歌節。在開幕式中，主辦單位放了一段十五分鐘有關青海人文與大自然的短片。影像加上文字的敍述甚有説服力。心中的文字點點滴滴成形，化成意象，在心中澎湃，有一段非故事的情節等待敍述。

影片中，青海湖邊，有水鳥的翱翔，有羊群倘佯草地，有犛牛嬉戲式的玩鬥。動物的動作都散發出純真的表情，一副毫無掩藏的信賴感。也許牠們看到天空白雲婀娜多姿的言語，也許牠們看到湖水蔚藍的邀約，也許牠們看到水草在微風中點頭的承諾。信心讓眼神充滿無邪，一副天長地久的投注。

動物活動的舞臺背景，是天地的主角——青海湖，這個全中國最大的內陸湖與鹹水湖。鹹水似乎是淡水的反證。假如淡水的英文是fresh water，意味新鮮的水，鹹水似乎遠離了我們意識設定的文字意涵，引發不新鮮的聯想。但鹹水似乎使湖更像海，語意的延伸，是正面的海闊天空。假如青海湖是大海的縮影，年度環湖的自行車競賽，似乎隱含人類將大海包攏圈住於人間世界的隱喻。假如青海湖是大海，大海的內外都是人的足跡。

人的涉足，有其潛藏的雄心，但也涵蓋了謙卑與敬畏。前者主要是漢人，後者主要是少數民族，尤其是藏人。藏人以青海湖為聖湖。虔誠的藏人一生中要爬山涉水，到青海湖朝拜。大陸影片《洗澡》描寫北京澡堂存在與即將消失的滄桑。澡堂的主人來自陝北，一個嚴重缺水的空間。設立澡堂，是要彌補自己母親當年缺水的苦楚。他跟兒子敍述了藏人對聖湖的虔誠，也是對水的虔誠。影片中，一個藏人老太婆牽著小孫女，以堅定的表情與搖擺的步履，慢慢跪拜走向青海湖。到了湖邊，他們以湖水沐浴，洗去凡間紅塵。影片中，老婦人臉孔的皺紋，小女孩純真無邪的瞳孔，猶如上述那些動物的表情，即使影片沒有敍述旁白，也能以無言映照冰心與日月。

國際詩歌節所放映的短片中，草原上有藏人演奏馬頭琴，一個類似西方大提琴卻只有兩絃的拉絃樂器。它拉出二胡的悲切，以及大提琴低沉的吟哦，極像人聲。馬頭琴似乎以人聲吟唱時間在高原留下的刻痕。這三江之源的高原，從涓滴細水到波瀾壯闊，往東往南而去，造就了黃河之水天上來的想像。所有水流奔湧入海一去不返，有擇善固執的豪邁，有壯士斷腕的果決。但與千萬年水聲相伴的是文明的騷動。當高原鐵路創造了工程奇蹟，當鐵軌帶來了訪客與財源，馬頭琴委婉的琴音似乎同時在探問：漢人的聰明是否能尊崇自然的智慧？漢人日益壯大的建築群，在暮色中所投射的身影，為多少所謂古城建構了後現代突兀的構圖？在這樣的構圖下，少數民族與藏人的未來是什麼？動物的表情是否能保持純真？是否還能放心嬉戲？湖邊墾植灌溉，水位年年下降，湖面逐漸縮小，聖湖是否能持續蔚藍清澈，是否能長久湧動源源不絕的生機？

《人間福報・副刊》九十六年八月二十五日

填補時間留下的空隙

八月，你我在青海國際詩歌節相遇，一方面，驚喜於這突來的因緣，一方面感嘆不知覺中我們已經被時間拋棄了十六年。其中偶有書信往返，其餘都存留於想像的空白。

但你的舉止面容彷如昨日，仍在訴說時間無法干預的默契。於是，語言不必前言，立即進入思維的核心。過去如何，家人安好，是自然的問訊，不必修辭。看到你講到女兒的傑出，妻子的成就，眉宇之間，散發出北方秋涼的前奏，但有如春風。

重點當然在你本人。你幾年來對文明的觀察，所成就的幾近三十萬言，即將問世。我知道你對文字的尊重，書寫必然字字珠璣。不盡然是文字的華彩，而是思想結晶透過意象的璀璨。語言必然沉靜，因為是思想沉重的無言。所以，你在三十萬言要展現的，可能他人百萬言都只能含糊帶過。面對語言，我們彼此共通的體認，讓時間與空間廣大的間距，似乎變成彈指的間隙。你我還是當年的你我。

你問起觸動我吃素的緣起。過去，這段不值得為外人道瞬間，只是心裡一片不願失去光澤的落葉。但我有意簡化的敍述，已經讓你的心湖起了漣漪。你畢竟是容易被感動的人。所謂感動，是你對生命細微處敏感。其實，對人生的敏感，才能對語言敏感。對語言敏感，才能對語言尊重，對人生尊重。這也是我們共鳴的感知。雖然這樣的共鳴，在當下的現實世界，已經不容易引起回響。

還記得那天我們夜晚的行腳嗎？我們在來回穿梭的車陣中製造語音，試圖填滿十六年所製造的空隙。我們在語音的空隙裡問訊路人河邊的去處。要去的目標並不近，但路兩旁的景觀卻匆匆朦朧帶過，因為我們一直沉湎於語言之路，所看到的盡是思想的意象風景。我們驚訝於十六年前的語言，今天似乎再生，我們更驚訝，十六年來能在彼此的語言找到韻律與和聲的是，仍然是孤伶伶的你我。

我在你的語言裡，看到你文化的構圖，是詩心與詩學的化身。我知道一部有文學身姿的哲學思維即將鏗鏘有聲地誕生。假如文人反身自問此生之旅帶走什麼、留下什麼?你以此部論著回答，已經是沉默的巨響。

而你所關心的是，在島國是非顛倒的情境下，我如何開展荊棘的詩路。如此提問，你說，是因為我是你極少數想要研究的詩人。但你的問題一瞬間將島國過去七、八年來文人的委屈化成細雨。青海湖反映藍天白雲的見證，是自然有意無意的反諷。我的回答正如我的詩路，也充滿反諷。詩不是詩人關在象牙塔的自我陶醉。因為有了垃圾，因為有了空氣污染，我們所以寫詩。因為有了掏空社會倫理的政客，我們更能寫詩。仰望蒼穹，繁星在高原的閃爍，所映照的，不也就是當年天安門血腥的歲月?海峽阻隔，政治相傳，原來同一個命脈。為此，我們都大聲發出苦澀的笑聲。

《人間福報・副刊》九十六年十二月七日

跨越邊界

邊界是一個領域的極限。它包圍並分開兩個國土，它也是思維的禁錮。

跨越國家的邊界，沒有經過應有的程序，可能是非法移民，也可能是月黑風高的走私者。跨越的足跡揚起風沙，也藉由風沙掩埋足跡。爬山涉水的迂迴之旅，只為身分的轉換，只為在邊界的另一方找到一個安身立命的縫隙。

跨越邊界，暗藏新的追求，也意味現有的棄捨。一些熟悉的臉孔將在午夜騷擾記憶。過去溫暖的情境將為情緒布局。時間，從不扮演同一個角色，自我已經不是過去的分身。

除了政治經濟因素，被迫離開自己的疆土外，現今很多知識分子傾向自我放逐。知識的感受越深，也越有自我放逐的可能。西方學者艾克諾（Richard Exner）甚至說：「二十世紀的知識追尋是一種放逐。」

自我放逐，也許不純然來自於知識，而是對現實社會的心灰意冷。當政客的謊言被奉為真理，當卑劣的手段一再贏得掌聲，有心的知識分子可能在暮色中遙望邊界，羨慕飛越邊界的鷺鷥。

選擇面對而不自我放逐，需要更大的勇氣，但也因而能保持較完整的自我。面對不全然需要流血，改變並不一定要革命。但他必須能安然於時間極為緩慢的步調，以及社會人心不斷引發的挫折感。

於是，跨越邊界，所指的不一定是真正的地理疆界，而是知識與心靈領域的突破。固守自己熟悉的領域，比較能安身立命，因為根植於潛在的自信。但自信的土壤也經常滋養習性。「安全」的論述與見解能讓日子「平安」度過。因為「安全」，真知灼見已不見，只是習慣性的重複。

思維的自我跨越，經常會在過程中碰撞出一些心靈的傷痕，因為跨過邊界之後，面對的是冷漠甚至是敵意的臉孔。跌倒，並沒有一隻手來扶持。傷口，也找不到適合的藥膏。跌倒後站起來，並不一定能走更遠的路。「明天會更好」可能只是一顆受潮發霉的安慰劑。

但，這並不意味我們不要好好面對明天。跨越邊界，而能勇於面對自我無法跨越的事實，是最大的跨越。

《人間福報・副刊》九十六年十二月十六日

時間的報復

曾經寫過一首〈生日〉，經常在各種詩選出現。雖然講解自己的詩有點尷尬，但是在一些演講或是現代詩導讀裡，我偶爾會用這首詩當例證。主要原因是這首詩的前兩行：「四支大蠟燭分占蛋糕四個據點」。每一次演講，我都請聽眾試著詮釋這一句，有些原來微笑的聽者馬上低下頭。偶爾有些聽者繼續微笑看著我，似乎帶著挑戰，或是要看好戲的表情。我知道他們必定是老聽眾，不是我的學生，就是聽過我類似的演講，以微笑顯現默契。偶爾有一兩個新臉孔，鼓起勇氣開口，我立即笑臉等待，因為我概略已經知道他們的言語。所謂詮釋，幾乎是千遍一律的句子，如跨越時間重播的錄音：「這是作者四十歲生日所寫的一首詩……」

接著，那些老聽眾也在等我重播如下的錄音：「詩中人不一定是詩人。詩不是現實直接的反應，更不是現實的紀錄。詩書寫人間，要有生命感，但詩處理的現實在虛實之間。假如四支大蠟燭證實詩人寫詩的時候四十歲，那麼三十九歲的詩人經營這樣的意象，就要寫成『三支大蠟燭，九支小蠟燭分站蛋糕各種據點』嗎？……」

以下那些「錄音」在此省略，因為《人間》專欄，不是大學教授藉此再開闢一個詩論的場域，將錯綜複雜的人間簡化成教室與書房。但是那些微笑自若的聽眾知道我要說什麼，總不外乎：詩有其自我結構的要求，不是現實事件的複製。四支大蠟燭在蛋糕分占東西南北四個方位，呈現外圓內方相互支撐的穩當構圖，因此三、四十歲的詩人若有生命哲思的自覺，大都會選擇這個數目。「據點」的措辭，是因為詩中人在人生中自覺稍有成就，已經能盤據一方等等。

語言自知要結束，語言的尾音卻一再在有限的篇幅裡迂迴躲閃，正如當下要避免詩論，卻又變相在談詩論的我。但以上這些文字的閃現，似乎有些虛張聲勢的理由。可能是，今天就是我的生日。可能是，為了今天的生日，昨日前院種植了一棵頗有姿態年逾二十的羅漢松。可能是下午三點半，又有一棵雞蛋花將在蓮花池邊落腳為我慶生。可能是，這段年齡過生日，典型濫情「時不我予」的感慨，讓自己不知道如何下筆，雖然這樣的日子一直自我突顯要成為主題。更可能是，由生日想到過去詮釋〈生日〉第一行後，經常從那些聽眾哄堂大笑後豁然開朗的表情，以及那些似乎瞥見詩學光影的眼神中，感受到身心漂浮的虛榮感。年復一年，那些虛榮感漸漸變成自我的揶揄，讓自己驚覺在重複的得意裡，意識到自己的老化，意識到時間公平而不耐煩的咬痕。生日原來是時間的報復。

寫於九十七年農曆六月十六日

疤痕

一秒鐘噴灑一句話的快感，一年也收不回那些四處碎散的口沫。

這就是你我之間建立的口舌關係。為了在心虛中求取勝利暫存的假象，為了保持一貫居高臨下的姿態，言語是應急的共謀者。但利刃出鞘，傷了別人的肌膚，卻在自己心裡留下疤痕。

我能在這一刻拿起話筒，對著千里外的你，收回那些劇毒的口沫，來治癒這長久的創傷？也許聲音可以像潮水，帶著海洋的訊息，改變你我呼吸的韻律。但那一條小舟曾經在暗礁裡擱淺，今天還可以出海嗎？也許海水還會帶去一些偶發的病毒，而使你我的病痛變成永存的痼疾。

或是讓一紙信箋在這污濁的大氣裡飛航。信紙沾惹的噴嚏，也許會被讀成淚水，那當然可以預期一場潮濕的感動。展讀時，五月的梅雨將渲染紙上的墨跡。有一幅山水在朦朧的天色裡緜延。你我都是山勢的起點，水的源頭，以一點嫩綠寄望藍天，以一點清流洗滌陳年的齒垢。

但天空繼續它灰暗的臉色，雨的言語總說不盡。我在窗前聽著外面溪水的湧動，一張信紙面對黃昏的檯燈，只能暴顯紙漿的成分。也許是工廠機器的聲響激盪內心的各種回音。紙張難以言明複雜的心境。任何一句的開頭都無以延續，就已經到字紙簍展望紙一生的輪迴，雖然它可能在垃圾場裡化成灰燼。

因此，這是空有濤聲的海域，你我山水阻絕。我的疤痕色澤越來越深。我在中外典籍裡流轉，以求抒解，在古今人物中尋找同樣心境的伴侶。我發現許多曠世傑作都是心病的後遺症，是疤痕擴大的結果。悽惻的一生，竟成一首詩篇雄偉的構圖。「書寫是口語的延異」。創作的世界將原有觸動的情感固封在地層之下。作家的臉孔經由作品變貌。那不是面具，而是血肉之軀的整形。於是，我開始寫作，我在報紙雜誌播散我的名字，在電臺裡留下厚重的唇音，在電視臺炫耀我調理過的五官。我一首詩接著一首詩的寫，一本詩集緊接一本詩集出版。我不再記日記，只展望未來，我已看不到自己的疤痕，我已經忘掉你的影子。

直到有一天，我在信箱看到你熟悉的字跡，我一瞬間有些言語奔洩的快感。但之後，在空曠的屋子裡，我聽到自己重濁的呼吸。五月剛開頭，溽暑已準備突襲。我在汗濕光滑的磁磚上看到自己灰黑的倒影。我走過擺滿獎章的櫃子，看到自己尷尬的名字。我刻意躲避轉角處那一面落地的明鏡。語言鎮壓後的存有正在傷口處復活，陽光的殺傷力逼退記憶遮掩的布幕。我似乎隻身面對千萬對瞳孔的凝視。在這舞臺上，我就是觀照與被觀照的對象。戲碼已定，這將是血肉之軀的演出，不著面具。鏡子的反光使周遭變成黑暗。我的演出將贏得掌聲綿綿的波浪，我在波浪中看到你我的形象，在白色的水珠中看到當年那些噴灑的口沫。

也許，你要為我的驚覺，再給我一個額外的掌聲。掌聲之後，我清楚地看到疤痕。

八十年代初稿，九十八年定稿

虛幻的自我

屋子陰暗下來，心在世事永不停歇的波動中翻轉。為什麼豐富的往事都一一被時間漂白？過去情感洶湧的波瀾現在平靜如虛空。有情如何面對虛空，虛空如何看待有情？當「純情則墜」，虛空默守虛空。

微風在角落裡呑吐生命。一隻蜘蛛在牆邊尋找食物。誰是誰的食物呢？一切從虛空滋養，一切還諸虛空。晨起，電腦上即將完成的一首詩，突然一片空白，螢幕上那些承載人事和情感的文字都煙消雲散，原來沒有文字的世界卻是了了分明。語言的魔障製造知識的迷宮。我們有意在迷宮裡打點自己。微風在曠野裡流動，它捲動一些微塵，輕輕地帶來虛空中沒有疆界的知識。

一張信紙，一個信物，都試圖無中生有。隨著時間的改變，歲月的滋長、變質；一點的誤會，一點情感的漣漪，都會使原來在信紙上的書寫成空。把人事情感視為永恆是營造自我的假象。

可是有誰能知道這些言語是真我在說話呢？人以俗世的知識粉飾成長的假象。成長在於辨別真我和我執，而我們大都以增加我執標示成長。言語是不得不的存在，它透過肉體，傳達虛幻的自我。當人只看到自我時，語言也喪失了真言。言語過處，微風拂動蜘蛛網。蜘蛛在哪裡呢？我會在虛空裡微笑呢？還是再墜入另一個虛幻的自我？

也許因為容納他者，有情眾生才不會變成虛幻。所謂他者，指的並不一定是「人」，可能是我們日常所指的豬、牛，也可能是流浪貓，流浪狗。

假如我們體會到所謂存在，可能瞬間變成空白，能讓這個「白」裡顯現真實輪廓的，是流浪漢與流浪動物面對飢餓的側影。嘴巴的「愛心」琅琅上口的同時，我們把飼養的貓狗當作垃圾拋棄。我們一面把「關懷」宣揚成大學校訓，一面定期在校園捕捉流浪狗，去讓政府屠殺。所有的愛心，是讓語言承擔人事的罪孽，使語言變成滑溜的唇舌。

但是校園裡，有些童稚的心靈默默中就是關懷的化身。今天一個外文系的女孩給我一封信。信裡生澀的文筆敘述著動容的故事。幾年來，女孩從校警手上救出了不少流浪狗。她用自己打工賺來的錢，找人清洗，請獸醫治病結紮，然後找人飼養。有人說好飼養，卻又加以棄養；表象的承諾變成另一次浩劫。

一隻叫做Honey的狼犬，再度被棄養後，染了重病；但愛心的因緣，使女孩再度和牠重逢。女孩把牠交給獸醫，與病魔打交道，代繳的醫藥費已經將近兩萬元。女孩來自單親家庭，一度母親把她視為多餘的生命與悔恨的提醒劑。還有誰能伸出援手？是那些麻木的行政體系？還是表象甜言蜜語（honey）的校園倫理？過去已經累積了多少失望成智慧，稚幼的女孩已經看穿所謂的「關懷」。於是，透過輾轉的傳說，她寫信給我，抱存一點不讓希望成虛空的希望。

而我呢？家裡院子五隻流浪狗的形象在意識裡活躍了起來。還有空間容納這一隻大狼犬嗎？我跟女孩說，錢我可以幫忙。我沒有說出口的是，也許Honey會找到一個家，但是自己虛幻的自我能找到歸宿嗎？也許，救助流浪狗也是在滋養虛幻的自我。窗外，陽光亮麗，虛空仍然默守虛空。

八十年代初稿，九十八年七月定稿

《人間福報．副刊》九十八年七月十六日

《臺大八十，我的青春夢》

——人文心靈的和絃

民國六十年冬天，我即將從政大西洋語文學系畢業。感謝老師不點名，課堂上同學經常找不到我的影子。但我並沒有在人間消失，而是經常在牯嶺街流連忘返，在發出霉味的書架上，搜尋心目中的英文「世界名著」。那時候買舊書變成心靈的魔咒，經常在抽屜裡找銅板，湊足了數目，就雙手奉獻給牯嶺街那些面無表情的舊書攤販。

舊書的搜尋，猶如隨機率性的第三類接觸。並沒有特定的書名當指引，因此闖入眼簾的作品，格外引發心絃的鳴響。人與書的照面，原來也是紅塵的一點因緣。臂窩懷抱布滿灰塵的書本，當下就預知夜晚即來的失眠。

我經常徹夜未眠閱讀這些新到手的「舊書」，因為閱讀，對於曠課缺席，我有了理直氣壯的理由。這幾乎是我大四上學期的生活模式。由於愛看書，因而不去學校上課，也變成了無可救藥的反諷。

但是到了寒假，經常有一個問題在意識裡騷動：畢業後，我要做什麼？後來一想，我既然那麼愛看書，為什麼不去考研究所？

當時全國外文學門的研究所，只有師大的英文研究所，以及臺大的外文研究所。但是兩校似乎「刻意」同一天舉行，因此學生只能就自己的能力與興趣，擇一而考。我選擇了臺大。當然，那也許是心中夢想隱約的牽引，也可能是我人生之旅預設的軌跡。

四月考完試，六月政大畢業典禮後，就躲回山城金瓜石的老家。日子在夏蟬的聒噪聲中度過，到了七月中旬，知道臺大應該早就放榜了，但是沒有勇氣去看榜示。日子在溽暑中難得平靜。終於，有一天鼓著勇氣，翻山越嶺後到臺北車站前搭乘公車。車子到了臺大站，還沒下車，就看到校門旁邊陽光下刺眼的告示。我知道：我的命運已在遠方書寫。

我下了公車，朝目的地前進，心中默數1、2、3、4……。終於，走到了那一張榜示的眼前，我從下面往上搜尋自己的名字。沒有，沒有，沒有。但，且慢，在最上面的，不就是我最熟悉的三個字？我，竟然是榜首！

在那個時代，單單這幾個字「我是臺大的榜首」，就已經足以自我陶醉，狂歡竟日。但是看榜當天所發生的一切，大概就是我一生的寫照；悲欣交集，苦樂參半。

懷著飄飄欲仙的心境，欣欣巴士外面的景色匆匆消逝，回到政大附近的租屋處。一打開門，就直覺不對。我的目光本能快速投向書桌。桌上一臺向別人借的「高級」收音錄音機不見了。走過去細看，我的窗子沒關，上面的紗窗開腸破肚，迎風飄展。

臺大的日子大概就是如此。照理講，我是「榜首」，以後學術的歲月應該不會有太多的疙瘩。但邁開第一個腳步，就似乎自覺隨時會滑倒。原來是抱著繼續想看書的心情，才去念研究所。但是上了臺大研究所，反而覺得沒有時間看自己想看的書。研一時，顏元叔老師的「文學批評」占去了大半的時間，而文本是「文學理論」，不是「文學作品」。大四畢業前逃課窩在棉被裡看三島尤紀夫以及海明威的日子已經不再，換來的是從早到晚，打字機單調持續的滴答。每篇批評理論的文章要先預讀，上課前要先寫好五頁的心得報告，也就是說，單單這一科「文學批評」，一學期要交十六篇報告，期中與期末的論文還不算。顏先生當時對我們說的「名言」是：「我們所要的不是天才，而是奴才。」

老實說，這一科讓我們疲於奔命的「文學批評」是我花最多時間，但收穫最少的科目。並不是顏先生的講課缺乏實質內涵，而是他對研究生主要的要求是「磨練」，而不是「啟發」。當機械性的磨練占去大部分的時間後，也沒有多少空間留給思維。

另一方面，顏先生的「文學批評」對於當時歐美已經風起雲湧的結構學、現象學、甚至是解構學，幾乎點滴不沾。於是，當我一九七九年到奧斯汀德州大學念英美比較文學時，第一次上文學理論，覺得自己好像劉姥姥進了大觀園。文學理論的老師開學的第一句話是：「結構學已經過去了。(**Structuralism is over**)」，但我還不知道什麼是結構學。

臺大「文學批評」的經驗，當時也讓自己頗為驚訝，因為顏老師在我政大大學部上的「英國文學」，是我們景仰的對象。回首這一段日子，也許當時的感受是自己的誤解，我可能抱著想多看文學作品的心情去念研究所，但是卻被學術論文所取代，就像「英國文學」被「文學批評」所取代一樣。心情的落差，因而也造成詮釋上的落差。後來，我到奧斯汀念比較文學，修了十八個學分的各種文學理論，我深深被理論的哲學思維所吸引，覺得文學理論的文章深具智慧，又具有魅力的挑戰性。理論的思維，需要敏銳的想像，不僅不妨害創作，而且能使自己的作品富於哲思與生命的厚度。後來我很自然以「詩創作」

與「詩學」當作一生的職志，深感兩者之間纖細的滲透與相輔相成。可惜，我在臺大念書時，並沒有這樣的感受。

但是，時間過後，客觀回顧顏元叔老師所留下的言談、論著、散文創作，深深覺得他是那個時代的重要代言人。「新批評」因為他的引薦以及身體力行，讓臺灣的學生、讀者能「精讀細品」作品的細緻。他所提倡的文學的「社會批評」更讓文人體認到作品面對人生時，除了文筆的細緻外，還要有生命的真摯感，而非自欺欺人。

念臺大研究所的第一年，還有一個小插曲。我修了王文興老師的「美國猶太作家」。第一次交期中報告，看到發回來的論文被打C，真是晴天霹靂。但仔細看了王老師的評語：「**If you want to copy, at least you have to know how to copy it.**」原來他以為我那篇論文是抄來的。我馬上去找他，他說：「假如不是抄的，那你的英文比高年級的還好。」我只好另寫一篇「證明」我的英文。還好，最後他很高興地給了我A。總之，我在臺大研究所的歲月，似乎就是好壞摻雜鋪成的日子。

念臺大時，當時由顏元叔老師主編的《中外文學》是我心中最仰慕的文學刊物。裡面有當時臺灣最好的詩作，最好的學術論著。我暗地夢想，希望將來我的詩作與論述一定能在《中外文學》刊登。後來，這個夢想算是「如卿所願」。我《放逐詩學》與《語言與文學空間》裡主要的論述，大都先在《中外文學》發表。我比較重要的詩作很多也是先發表於《中外文學》，其中包括了兩首兩百多行的長詩〈歷史的騷味〉與〈浮生紀事〉。但進入二十一世紀後，《中外文學》編輯大轉向，文學創作刊登得越來越少，最後銷聲匿跡。論文以專題編輯，以設定的主題規劃刊物的內容。漸漸地，各種文化理論變成詮釋的框架，文本類似是塞入框架的囚犯，作品本身的感動力以及閱讀的躍動感，幾近窒息，幾近深宮裡禁錮的形骸。

回顧臺大的歲月，與其說是我在這個校園得到啟發，不如說是這個校園讓我的夢想實現，而自以為得到啟發。醉月湖映照的倒影是智慧虛幻的影像，紮實的鐘聲倒是一再提醒我在椰林步道的當下。鐘聲的空隙是時間，總是暗藏隨時起落的微塵與日影。臺大外文系老舊的外文精裝書是多少年代幽靈的化身。古書努力累積灰塵，在圖書館的角落裡，等著我悠閒的行腳。我翻閱書頁的手指不曾顫抖，只是抖落塵埃時瞬間的迷惘，只是對客體時間的錯落一時難於調適。這時校園的鐘聲，總適時悠揚地撞上滲入斗室的陽光。

臺大啟發學生的，不是具體的臉孔，而是整體校園的氛圍。空氣中似乎有一種氣息，搧動年輕急欲飛揚的幻夢，好似我若不及時吸納那個氣息，我的雙腳必然麻痺不能遠行，只能目送鵬鳥逐天邊而去。於是，一場詩人的詩朗誦將使一間大教室爆滿。記憶裡，我研究所的日子裡，校園有一次詩朗誦，有幾位前輩詩人來。我興奮地前往目的地。但遠遠看去，人頭塞滿了入口，我已經不得其門而入。我只能在人體的縫隙裡看到眾詩人微笑的臉龐，夾雜著學生來回穿梭的嗡嗡作響。我的離開並不表示失望，因為我似乎聽到他們的朗誦在逐漸暗黑的人行道上製造回音。我似乎聽到人與自然沉默和諧的韻律。

曾幾何時，詩人到校朗誦變成淒迷尷尬的景致。離開臺大校園後，轉眼間三十多年潦草走過。我不太確定當前椰子樹下的人文風景，但是風中輾轉的傳言總是淒冷。而這也是我被冠上「詩人」之後，個人必須面對的島國景象。臺大是年輕學子夢想的去處，但也是社會現實具體而微的化身。椰林道上的鐘聲仍然悠揚，但聲音迴盪的已不是朦朧幽微的心境，而是現實情境明晰的召喚。當臺大以具體的數據被列為中國人最好的大學，人文心靈複雜的和絃所彈奏的是永難返復的鄉愁。

收錄於臺大創校八十年紀念文集《臺大八十，我的青春夢》，九十七年十一月出版

聯合文叢 483

我們有如燭火 簡政珍散文集

作　　者／簡政珍
發 行 人／張寶琴

總 編 輯／周昭翡
主　　編／蕭仁豪
編　　輯／林劭璜　王譽潤
資深美編／戴榮芝
校　　對／蔡佩錦　簡政珍
業務部總經理／李文吉
發行助理／林昇儒
財 務 部／趙玉瑩　韋秀英
人事行政組／李懷瑩
版權管理／蕭仁豪

法律顧問／理律法律事務所
陳長文律師、蔣大中律師

出 版 者／聯合文學出版社股份有限公司
地　　址／(110)臺北市基隆路一段 178 號 10 樓
電　　話／(02)27666759 轉 5107
傳　　真／(02)27567914
郵撥帳號／17623526 聯合文學出版社股份有限公司
登 記 證／行政院新聞局局版臺業字第 6109 號
網　　址／http://unitas.udngroup.com.tw
E-mail:unitas@udngroup.com.tw

印 刷 廠／百通科技股份有限公司
總 經 銷／聯合發行股份有限公司
地　　址／(231)新北市新店區寶橋路235巷6弄6號2樓
電　　話／(02)29178022

版權所有・翻版必究

出版日期／2010 年 5 月　初版
2024 年 2 月 27 日　初版二刷第一次
定　　價／280 元

Copyright © 2010 by Jiang, Jeng-jen
Published by Unitas Publishing Co., Ltd.
All Rights Reserved
Printed in Taiwan

ISBN 978-957-522-877-4（平裝）
《本書如有缺頁、破損、裝幀錯誤、請寄回調換》

國家圖書館出版品預行編目資料

我們有如燭火——簡政珍散文集／簡政珍著. -初版. -- 臺北市：
聯合文學，2010.2
240面，14.8×21公分. --（聯合文叢；483）

ISBN 978-957-522-877-4（平裝）

855 99004217